結與書系列
《咆哮山莊》的
繼承者
Mizuki Nomura
野村美月
illustration　竹岡美穗

# 目錄

繪者　竹岡美穗


第一章　《小學徒的神明》期待遇見神明——005

第二章　喜歡小花喜歡得不得了的溫柔書本的妹妹們——069

第三章　《咆哮山莊》的繼承者——117

第四章　鮑伯短髮的可愛女孩說著「一切都是為了女人緣」——189

第五章　《夜長姬與耳男》邀我來到染血的刑場——263

# 第一章

## 《小學徒的神明》期待遇見神明

真的會有神明發現我嗎……？那本書對我這麼說。

『我將來是不是也能遇見神明呢……神明讀了我會高興嗎……』

那微弱的聲音彷彿來自一個大眼睛裡盈滿淚水、孤獨無助的男孩。他語氣淒切，像是眼中積聚的淚滴潸潸滑落臉頰。

『如果神明的手指輕柔地碰觸我，我一定會非常陶醉，非常開心……說不定會開心到一頁頁地散落。』

◇　◇　◇

這天放學後，我從平時的通勤路線走進岔路，來到一間舊書店。

自從懂事以來，我就莫名其妙地聽得見書本的聲音，還能和他們對話。

排放著全新書刊的書店都會吵得像一大群剛出生的雛鳥一起嚷嚷，充滿了書本興奮開朗的聲音，舊書店厚重蒙塵櫃子裡的書本的聲音則既平靜又溫和。

他們不是像圖書館的書本那樣靜靜地、悄聲地說話，而是像坐在簷廊晒太陽的老爺爺老奶奶聊起往事一樣，溫暖的聲音從變色的書頁和泛黃的書脊悠然舒緩地流出。

話雖如此，其中還是有一些……

『我來這裡之前見識過非常可怕的場面喔。我之前的主人疑似牽連了某件大案子，我的第一百八十八頁還殘留著他和追捕的刑警打鬥時濺上的血跡呢。』

梅爾維爾的《白鯨記》用豪邁的男人聲音自傲地說著。

室生犀星的詩集安靜得像是睡著了，但若把它帶回家翻閱，它就會用嬌滴滴的女性聲音緩緩說出前任主人深藏在心底的愛情故事。

我很喜歡聽舊書店的書本分享自己的經歷，所以都會定期跑來看它們。

話雖如此，由於必須忠於那優雅的淡青色書本——夜長姬，我不能隨便帶其他書回家。

我那可愛的女友很愛吃醋，我看其他書的封面也會惹她不高興，她甚至會用稚嫩的聲音說出『……你敢看我之外的書一眼，我就要詛咒你的眼睛像烤架上的香菇……被烤成皺巴巴的一團』。

不過今天夜長姬留在家裡，躺在鋪於我床上的蕾絲手帕上，所以我可以待久一點。

我一邊看著因歲月刻劃而增添了味道和溫度的書脊，不時向他們打招呼說「好久不見，你們好嗎？」，書本也悠哉地回答：

『哎呀，是結啊，你好。』

『你那個愛吃醋的女友沒一起來嗎？』

這裡的老闆是個白鬍子老爺爺，此時他正坐在櫃檯裡，翻著費茲傑羅的短篇集。

我正在氣氛和諧的店裡心滿意足地漫步，突然聽見一個小男孩的聲音。

『……嗚嗚……不知道他們怎麼樣了……我是不是回不去了……』

那語氣既絕望又脆弱，而且不斷摻雜著類似吸鼻子的聲音，或是哽咽的聲音。好像正在哭。

我推了一下眼鏡，慢慢走向發出聲音的地方。

在店面的最後方。那一區放的是日本的文學作品，架上擺著太宰治的《斜陽》、夏目漱石的《從此以後》，還有芥川龍之介的《河童》。發出聲音的是一本薄書，褐色的書脊上用白字印著書名《小學徒的神明》。那是一本短篇集，作者是志賀直哉。他寫的《在城之崎》很有名，連國文課本都會提到這位大文豪。和周遭的書本相比，這本書顯得特別年輕。

不只是聲音……它的書脊乾淨光亮，像是剛被經銷商送來的。我用食指溫柔地撫過書名，輕輕抽出，捧在手上一看，畫著螞蟻的封面也一樣光澤亮麗、平整無痕，書頁堅硬得幾乎會割傷手。

書本不知是不是被我嚇到了，他發出吸氣的聲音，彷彿緊張得全身僵硬，我用充滿關愛的語氣低聲問道：

「如果你有什麼煩惱，可以和我談談。我叫榎木結，我是書本的朋友。」

那孩子一聽又開始哽咽，帶著哭腔說道：

『我、我是被人偷出來賣掉的。拜託你救救我的朋友……救救店裡的那些書！』

◇　◇　◇

就叫他小學徒吧。他給人的印象是個小學四年級左右、有一雙大眼睛的天真小男孩。

我仔細聽完小學徒的敘述，就從舊書店把他買下來，帶回家裡。

「呃，我的女友可能會說些不好聽的話，她只是太喜歡我了，所以比較容易激動，你千萬別放在心上。她的口頭禪是『詛咒你』，不過至今都沒有應驗過。」

我在二樓的房間門外先提醒小學徒，他困惑地問道：

『你的女友……會吃書本的醋？』

「嗯，因為我的女友也是書。」

我轉開門把，開朗地喊道「我回來了，夜長姬」，房裡頓時瀰漫著可怕的氣氛。

放在床上的白色蕾絲手帕上的高貴淡藍色書本傳出令人毛骨悚然、全身顫抖的冰冷聲音。

『……你讓我自己孤孤單單地留在這裡……還抱著陌生的男孩子回到我們兩人的愛巢……』

什麼抱著男孩子……能不能換個說法啊……

『那男孩……是誰……？是你的……劈腿對象嗎……？封面那麼光鮮亮麗……未免太年輕了吧……內頁的紙張……也整整齊齊的……結……你什麼時候染上了熱愛短褲男孩的戀童癖……？你發誓說最愛的就是我、世上沒有比我更漂亮更優雅更貼近你心靈的女孩……那些話都是騙人的嗎……？』

『那種畏畏縮縮、好像一天兩餐只吃白蘿蔔飯的窮酸小男孩……難道比我好嗎？』

『詛咒你……詛咒你……我要詛咒你抱著的那個男孩……讓他變成女孩子。而且……我要變成男生。既然你喜歡男生，那我就變成男生，跟你一起……跳進熊熊大火……殉情而亡。』

還帶著幾分稚氣的清澈聲音越來越冰冷，彷彿房間牆壁和窗簾都結了冰，連天花板都結出冰柱，連我的眼鏡都冷到要起霧了。

我的腦海浮現了身材纖細柔弱、披著一頭如深夜般漆黑的柔順長髮、稚氣未脫的小公主，氣得朱唇顫抖、柳眉倒豎的模樣。

我懷中的小學徒害怕地叫著『結、結哥……』，可能是因為他感覺像是緊緊地攀在我身上，那聲音變得愈加冷冽。

『……竟然裝出一副弱不禁風的模樣來吸引結的同情心……我數到三，如果你再不離開結，我就要對你下可怕的詛咒，讓你那光滑的封面插上一千根針，變得像隻豪豬……一……二……』

小學徒趕緊說『對不起，對不起！結哥，請你放開我！』。

我把小學徒輕輕放在桌上，對女友說：

「夜長姬，別生氣了。小學徒是被壞人偷走賣到舊書店的，很可憐吧？如果妳被壞人抓走，再也見不到我，一定也會很難過吧？我們幫幫他嘛。」

我貼近她，如此說道，她低聲沉吟著：

『唔……』

雖然夜長姬天真地說『我會用詛咒的力量把壞人弄死，回到結的身邊……』，她大概是罵完之後心情舒坦了一點，最後還是鬆口說道：

『你對書本……太好了啦……哼。』

然後就扭頭不理我了。

呃，書本不會真的扭頭啦，我只是有這種感覺。不過每次聽到夜長姬說「哼」都覺得好可愛啊。我不禁莞爾。

「謝謝妳，夜長姬。」

我用雙手將她溫柔捧起，讓那淡藍色的封面邊緣輕觸我的鏡框，閉著眼輕聲說道。

夜長姬還是嘴硬地說了一次『哼……哼！』，就又不吭聲了。

我向愣愣地在一旁看著我們對話的小學徒炫耀道：

「怎樣？我的女友很可愛吧？」

小學徒驚訝地回答：

『是……是啊。』

「夜長姬也答應要幫你的忙了。」

『……我才沒有答應。』

她低聲念念有詞，但我假裝沒聽見，對小學徒笑著說：

「那你能不能再從頭說一次你被偷走的經過呢？」

或許是感受到了夜長姬散發的寒氣，小學徒在敘述過程中還是一副戰戰兢兢的樣子。他說自己是上個月剛出貨的新書，被擺在車站附近的一間書店裡。

我會被怎樣的人買回去呢？

那個人讀了我之後會高興嗎？

希望那個人會喜歡我。

對了，那人一定像貴族院議員A先生一樣善良。

他一直夢想著這些事……

A先生指的就是這本書中短篇故事裡的A君。

某天A君到壽司攤吃東西，這時在秤店工作的小學徒進來，抓起一個壽司，正要吃的時候卻發現自己帶的錢連一個壽司都買不起，只好放下壽司尷尬地走了，讓A君看得很不忍心。

後來A君碰巧在秤店遇到這位小學徒，於是A君就藉口請小學徒幫忙送貨，並請他吃壽司做為答謝。

——我要先回去了，你盡情享用吧。

A君付錢之後就先離開了，即使小學徒吃了三人份的壽司，A君留下的錢都沒有用完。

由於A君故意留了錯誤的住址，小學徒沒辦法再找到他。小學徒對A君滿懷感激，甚至懷疑他是神明，後來也一直如此。

『我一想像某天會有一位像A先生的人把我買回去看，心裡就悸動不已。我一定會很喜歡那個人，把那個人當成我的神明。啊啊……真想早日遇到他……』

小學徒的聲音充滿了憧憬，我彷彿看見有一雙純真大眼睛的小男孩眼中閃閃發光的模樣。可是，小學徒的夢想卻被無情地破壞了。

某一天，一個穿西裝制服的國中男生拿起了小學徒。

這個人就是我的神明嗎？

小學徒正感到滿心喜悅，國中生卻粗魯地把書丟進肩上的包包。除了小學徒以外，包包裡還有幾本店裡賣的書，他們每個都很驚恐。

『救命！我被抓走了！』

封面畫著雙馬尾女孩的書大叫，其他書也開始嚷嚷：

『這是壞人，快救我啊！』

『我要被帶走了！不要啊！』

小學徒也拚命大喊：

『救命啊！救命啊！』

可是國中生沒有付錢，直接走過櫃檯前方，出了書店大門越走越遠。

在一間KTV包廂裡，小學徒和其他的書本被倒在桌上，四個國中生圍在桌邊。

——咦？《小學徒的神明》是什麼啊？志賀直哉？蠢貨，不是叫你拿輕小說和漫畫嗎？不然就拿暢銷書嘛。

——反正網路新聞也說現在流行看經典名著嘛。這是新書，又是白拿的，沒關係啦。

——說得也是。好吧，那就把這些賣到二手書網站，這些賣到舊書店。

國中生爭執間胡亂分類，小學徒就被賣到那間舊書店了。

他原本是亮晶晶的新書，夢想著遇見自己神明的天真書本，結果卻淪落到舊書店的角落，為自己和夥伴們的不幸遭遇悲嘆落淚。一想到他的處境，我就心痛難耐。

小學徒的語氣越來越悲傷，就像初次見面時一樣發出吸鼻水的聲音，一再哽咽。

『夜、夜長姬小姐能遇見結哥……真是太幸福了。讓我好羨慕……嗚嗚……真的會有神明發現我嗎？我被神明翻閱的那一天真的會到來嗎……？神明讀了我會高興嗎……？如果神明的手指輕柔地碰觸我，我一定會非常陶醉，非常開心……說不定會開心到一頁頁地散落。可是……我已經不敢相信……會遇上那麼好的事了……被分別賣掉的夥伴們……嗚嗚……不知道怎麼樣了……』

原本還向小學徒散發怨念的夜長姬也悄悄地吸著鼻子。她大概也想像了自己遇到相同情況會怎樣吧，不過她絕對不會承認的。小學徒說自己很羨慕夜長姬，但他如果知道夜長姬在成為我的書之前是多麼悲慘，就絕對不會說這種話。

我輕輕撫摸著夜長姬書脊的下端，努力裝出開朗的聲音，安慰小學徒說：

「要把賣掉的書全部找回來或許不容易，但我們可以抓出偷書賊，問他們把書賣去哪裡了。而且他們或許還會去偷書，一定要阻止他們才行。」

小學徒略帶振作地回答『好的』。

嗯，真是個好孩子。

◇　◇　◇

隔天放學後，我把夜長姬放在左邊口袋，把小學徒放在右邊口袋，前往小學徒原先待的那間書店。

去年剛翻修過的小關書店位於和我們高中相差三站的車站附近，是一棟寬敞的平房，書本依照文類而分區，門口附近有兩個櫃檯。因為離車站不遠，所以客人很多，店裡非常熱鬧。堆在平臺的新書和推薦書籍都附了手寫的廣告看板。

『快來買！』

『把我買下吧！』

到處都能聽到書本宏亮的吆喝聲。

『買我吧，這是有夫之婦和彆扭鋼琴師羅曼蒂克的推理故事喔！』

『一定要讀我！這是前途無量的新科作家寫的超感人青春文藝大作喔！不良少年對千金小姐一見鍾情，人生因而改變。他對小姐三十年都沒有變心呢！』

『要不要買雪貂的寫真集啊？讓可愛的雪貂小柚來療癒你的心靈吧！』

我聽著熱鬧的喊叫聲，一邊慢慢地在店裡走著。

真是活力十足的書店呢。

客群遍布各階層，有老爺爺老奶奶，有帶小孩的母親，也有學生。

或許是因為我露出笑容，放在左邊口袋的夜長姬聲音冰冷地喃喃道：

『結……劈腿的話……絕不原諒……』

「妳誤會了，我今天只是來調查偷書的事啦。」

我小聲地回答，以免被旁人聽見。

右邊口袋裡的小學徒膽怯地告訴我：

『我以前待過的書架在那邊。』

那一區放的是外國和日本文學作品的文庫本，現在剛好有一位客人。

看起來似乎是國中生……是女孩子吧？

那人身穿寬鬆的黃色帽T、七分褲、運動鞋，一頭短髮，大眼睛，身材嬌小，露出袖口的手腕也很纖細，氣質像小動物一樣可愛。

可能是找不到想要的書吧，她的視線從書架上移開，低下頭去，露出尷尬又難受的表情。

她靜靜地站在那邊，沒有離開書架……

怎麼了呢？

右邊的口袋傳出喃喃的低語：

『啊……』

怎麼了？

小學徒認識這個人嗎？他神情慌張，似乎很不知所措。

對了，這一區的書本都很安靜呢……文學作品的底蘊比新書、現代小說、輕小說更深厚，所以個性穩重，不會大聲吆喝招徠顧客……

不過那人附近一帶的氣氛卻特別凝重。

『小潮……』

小學徒又喃喃說道。

其他的書本也紛紛開口。

『小潮……』

『小潮真可憐……』

『小潮以後都不看我們了嗎？』

他們不斷地叫著「小潮」、「小潮」，聲音既低沉又悲傷。

「小潮？」

我不禁跟著說道。或許是我的聲音太大了，那個低著頭的女孩猛然抬頭看過來。

女孩可能是被我嚇到了，看到她表情僵硬的害怕模樣，我急忙解釋：

「啊，對不起。我是在找……《鹽狩嶺》……是《冰點》的作者三浦綾子寫的。」（註1）

女孩戒備地看著我，但她還是用和長相一樣可愛的聲音說：

「你要找的書……在那邊。」

她還特地帶我過去。

「謝謝。真厲害，妳常來這間書店嗎？」

註1 「潮」和「鹽」的日文讀音都是shio。

她光是聽到書名《鹽狩嶺》和作者的名字就知道書放在哪裡，簡直跟店員一樣。

「呃……嗯。」

她回答得扭扭捏捏，一副尷尬的樣子。那不像是靦腆，比較像是心虛。

我開朗地繼續跟她攀談。

「妳喜歡書嗎？」

她的肩膀猛然一顫，表情變得更僵硬，沉默好一陣子才回答：

「……大家都不看書了。」

她說得非常小聲，我幾乎聽不見。

因為現在的年輕人都不看書，更喜歡玩手機遊戲、看網路分享的影片，如果只有她會在休閒時間看書就太丟臉了，所以她不太喜歡……是這個意思嗎？

「就是說啊，這裡明明有這麼多吸引人的好書呢。我喜歡書本，也喜歡書店。這間書店真的很不錯。」

我笑著這麼說，她卻變得更畏縮，視線也垂得更低，一副坐立不安的樣子。

「我先走了……」

她逃命似地跑走了。

一定是有什麼隱情吧。

小學徒說過偷書賊是國中生，和那個女孩有關嗎？

書架上的《鹽狩嶺》和周圍的書本也低聲說著『小潮』、『好可憐』。

「小學徒，剛才那個女孩叫作小潮嗎？」

我小聲問道，左邊口袋裡的夜長姬喃喃說著『你又……劈腿了』，右邊口袋裡的小學徒含糊不清、欲言又止地回答：

『呃……那個……』

然後就軟弱地轉移話題說：

『我、我要向大家介紹結哥……請回去剛才的地方吧。』

唔……他似乎不想回答我。沒辦法，先看看情況吧。

「好吧。」

說完之後，我又回到文學作品那一區。

從口袋裡露出封面一角的小學徒說『我、我回來了』，架上的書本就紛紛叫道：

『哎呀，是你！你回來了啊！』

『你是從小偷手上逃出來的嗎？』

『其他夥伴呢？』

聽到這個問題，小學徒十分沮喪。

『現在還不知道……啊，這位是結哥，是他在舊書店把我買下來的。而且他聽到我和其他書本被壞學生偷走，就說要幫忙抓出偷書賊。』

書本們聽到他的解釋就更驚訝了。

『結能聽見我們說話嗎？』

『真的有這種人嗎？』

『可是，如果他要抓偷書賊……』

『如果他這麼做，那小潮不就……』

又是小潮。

這些書本似乎不太支持我去抓偷書賊……

『可是，放著不管的話，他們還會繼續偷書。那群傢伙對自己的所作所為根本沒有絲毫的反省或後悔。』

『是啊，他們昨天還笑咪咪地跑來看著我們，一定是在挑選下次要偷的書。』

『我是小關書店的書，我才不要被賣到二手書網站呢。』

『我也希望客人在櫃檯正正當當地付錢把我買走，這是我身為書店新書的尊嚴。』

『可是……』

書本的意見分成了兩派，有些想抓偷書賊，有些表示反對。

繼續吵下去也不會有結果，所以我打岔說：

「呃，不好意思，偷書賊是四個國中生，沒錯吧？你們知道他們是哪裡的學生嗎？」

『……四個？』

『呃……對，是四個。』

『喔喔，四個……是四個沒錯。』

『他們的學校好像在附近……』

他們的態度很不乾脆。小學徒也是一副扭扭捏捏的樣子，像是有話想說，卻又說不出口。

我再次開口。這次我的語氣更堅定了。

「有人偷書不只是你們的問題，還會讓書店遭受嚴重的財物損失，甚至還有書店因為被偷了太多書而倒閉。我是書本的朋友，我一定會幫你們到底的，如果你們知道些什麼，能不能告訴我呢？」

我正在向書本們打聽的時候……

「你在那裡做什麼？」

後面傳來質問的聲音。

說話的不是書本，而是一位身穿書店圍裙的女店員，她正凶巴巴地看著我。

糟糕，或許是我太大聲了。

她是不是把我當成了怪人？

「請你把口袋裡的東西拿出來好嗎？」

完蛋了，她不是把我當成怪人，而是把我當成偷書賊了。我兩邊口袋都有書本露出來，當然會惹人懷疑。

而且小學徒還是從這間書店被偷走的亮晶晶新書。

我先掏出左邊口袋的淡藍色書本。

「這是我的愛書，我隨時都帶在身上。」

我說著把書展示給店員看。

店員看到了有無數次翻閱痕跡，封面稍微褪色（這話若是說出來一定會惹夜長姬生氣）的薄薄文庫本，就露出釋然的表情。接著我拿出右邊口袋的小學徒。

「還有，這是我昨天在舊書店買的……」

結果店員眼中閃現寒光，又恢復了剛才的凶樣。我正在滿頭大汗地向她解釋時，旁邊又傳來尖銳的聲音。

「那個學生！把書包裡的書拿出來！」

在擺放新發售現代書籍的新書平臺前，男店員正在質問一位很眼熟的男學生。

那個學生穿著和我一樣的制服。他是聖条學園的學生嗎？

被質問的男學生看起來清秀又正經，眼睛細長而清澈。我更訝異地扶了一下眼鏡。

依照店員要求從書包拿出沒有結帳的文庫本的那個男學生，竟然是我認識的人。

他和我同樣是高一，隸屬於管弦樂社，是絕對不可能偷東西的超級好學生。

咦？咦咦咦咦咦咦？若迫？

拿著文庫本、表情不悅的若迫背後，有一群穿著西裝制服的國中男生面帶微笑地經過。

『啊！就是那些人！是他們把我偷走的！』

聽到右手拿的小學徒哀號似地大叫，我望向走向店門的那群男學生，又望向皺著臉孔、似乎還沒搞清楚狀況的若迫，真不知該如何是好。

◇ ◇ ◇

「結和若迫還真慘呢。」

兩個小時後。

我和若迫坐在聖条學園音樂廳的貴賓室，好不容易才鎮定下來。

這個房間的主人是在歷史悠久的管弦樂社擔任指揮的高三學長姬倉悠人，他也是學校理事長的兒子。

他身材高䠷、容貌俊美，擁有優雅出眾且魅力十足的外貌和舉止，被譽為校園王子，而且他簡直是無所不能。

我在一個小時前用手機送出求救訊息給這位可靠的學長，不久之後就有一位身穿西裝、高大帥氣的紳士來到書店，店裡的人和他談過之後就放走我們了。

接著我們搭著電影中的外國名流會坐的長型豪華禮車回到聖条學園，向坐在沙發上優雅地品茗的悠人學長說明了一連串的事發經過。

「結給我惹麻煩已經是家常便飯了，但若迫怎麼會跑去書店？你不是說除了課本以外不會看其他的書嗎？」

聽到悠人學長這麼說，正經的若迫露出了愧疚的表情，像是打從心底感到懊悔。

「……因為在秋季讀書月的班會時間必須自己帶書來看，所以我才跑去買書。我這次又給悠人學長添麻煩了，真是對不起。」

他鞠躬說道。

當時若迫正在打量平臺上的書，卻聽見後面有人凶巴巴地大喊「你在那裡做什麼？」。

若迫不知道店裡出了什麼問題，轉頭望向聲音傳來的方向，這時有幾個穿西裝制服的男生從前方快步走來，和他擦身而過。

他的肩上掛著書包。有一位男店員不知為何滿臉怒容走到他面前，要求他拿出書包裡的書。

若迫不知道是怎麼回事，但還是乖乖打開書包，竟然發現有一本他沒見過的全新文庫本。

一定是偷書賊正在行竊時聽到我被店員質問，察覺到危險，就逃走了，還把本來準備偷走的書偷偷塞進了擦身而過的若迫的書包。

「是我太大意了，真丟人。」

第一學期末時，若迫因為中了書的毒，在管弦樂社惹出一些事。原因是若迫的個性太過認真，但他最後還是振作起來，在悠人學長的關照之下恢復了平穩的校園生活。

「這點小事你不用介意啦，結給我惹的麻煩才多咧，我被他叫出去的次數都多到數不清了。你看，他現在不也是一副若無其事的樣子，沒有半點愧疚的神情嗎？他還拿了第二個司康餅，還加了那麼多的凝脂奶油。」

悠人學長安慰著若迫。

「請別把我說得像是厚臉皮粗神經又貪吃的麻煩製造者。我因為學長的請求而被捲入麻煩的次數才是多到十隻手指都數不完咧。」

我拿著吃到一半的司康餅毫不留情地回嘴，若迫詫異地睜大了眼睛。

左邊口袋裡的夜長姬喃喃說道：

『……結說得沒錯。悠人……老是叫結做些奇怪的事。姬倉家的人都不能信任……一定要……立刻斷絕往來。』

畢竟「姬倉家」讓夜長姬留下了心理創傷嘛……她雖然嘴上抱怨，但似乎很怕悠人學長，說話比平時小聲，聽起來有些畏縮。

悠人學長優雅地聳肩，微笑著說：

「彼此彼此啦。不過這樣更能毫不客氣地拜託對方做事，對結和我來說都是。」

「我倒希望學長可以更客氣一點……不過這次真是多虧了學長。還有，這司康餅和凝脂奶油都太好吃了，真奸詐。」

若迫聽著我和悠人學長這番對話，依然是滿臉的愕然。對他來說，悠人學長既是社團裡的前輩，又是恩人，是他非常敬愛又宣示效忠的對象，他看到我如此輕鬆地和悠人學長相處都會露出這種表情。

若迫還對我說過……

——榎木對悠人學長說話時都是一副輕鬆的態度，悠人學長對榎木也非常信任呢。

他信任我？我倒覺得這是因為我可以為悠人學長悠哉的日常生活提供一些小刺激，他才會對我感興趣啦……

此時此刻悠人學長看著我的眼神也充滿了期待的光輝，像是覺得「又有好玩的事情了」。話雖如此，他還是口吻優雅地下了結論：

「所以說，你只是還不像我和結這麼習慣麻煩事，你完全不用介意啦。」

他露出危險的笑容，暗示著要進入正題了。

「話說回來，你們一定不想白白被人冤枉偷書吧？」

悠人學長如此詢問。

不對！這才不是詢問，根本就是慫恿嘛！

而且還用那種不容許拒絕的語氣。

夜長姬在我左邊口袋發出沉吟，小學徒在我右邊口袋倒抽一口氣。趁著夜長姬還沒出言反對，我趕緊大聲說道：

「那當然！一定要抓出偷書賊，好好教訓他們一頓！」

沒錯，我才不會拒絕。

我反而是求之不得。

「竟然擅自把書從店裡拿出去賣掉，簡直就是漠視書的尊嚴。真是不可原諒！為了防止同樣的悲劇再次發生，一定要徹底解決他們！」

小學徒似乎又倒抽一口氣。

悠人學長一定早就猜到我會這樣回答了。他露出狡猾的笑容，鼓掌說道：

「真不愧是結，你果然是書本的朋友。我也會協助你的。我信任的兩個人被冤枉了，真是讓人不愉快啊。」

若迫聽到悠人學長那句「信任的『兩個人』」立刻露出開心的表情。

「……書的尊嚴？悲劇？」

但他還是詫異地喃喃自語。

◇　◇　◇

我們決定在兩天後的放學時間執行作戰計畫。悠人學長已經先和小關書店交涉過了，實施計畫的前一天打烊後，我在沒有客人和店員的安靜書店裡向書本們說明計畫內容。

「我向你們保證，絕對不會有壞處。為了將來著想，這是一定要做的。」

書本全都默不吭聲。他們可能還是很擔心「小潮」吧……對這些書來說，那個「小潮」可能比他們自己更重要。

就算是為了小潮，這件事也非做不可。

氣氛非常緊繃，沉默繼續蔓延，我的右邊口袋裡傳出一個稚嫩的聲音：

『我覺得……結哥說得沒錯。』

那聲音既軟弱又細微。

但還是非常努力。

剛誕生不久的薄薄文庫本懇切的聲音靜靜地流瀉在店內。

『我剛從印刷廠印好、被經銷商送到這間書店的時候，一直夢想著遇見會注意到我的神明……但是我後來被人偷走，賣到了舊書店，我真的好傷心……每天都在哭……為什麼我會遇到這種事呢？我是不是從一開始就沒有神明庇祐呢……？我真的好悽慘、好難過……我不希望再有誰體驗到這種心情了。』

我和店裡所有書本都屏息傾聽著那淒切、卻又充滿熱忱的聲音訴說。

『所以我會盡力協助結哥，因為結哥是書本的朋友。』

書本們都被小學徒這番話打動了。

『我也會幫忙的！』

『我也是！』

『我也是！』

到處都傳來附和的聲音。

我露出笑容，開朗地說：

「嗯，那就麻煩大家了。」

然後……

此刻我兩邊的口袋裡放的不是書，而是各放著一支手機。我假裝在選書，徘徊在輕小說區，封面畫了可愛女騎士的輕小說緊張地說：

『結，小潮來了！』

穿著寬鬆帽T、有雙大眼睛的女孩走進店裡，經過櫃檯時，她還對裡面的店員輕輕點頭。

她今天也是視線低垂，一臉憂鬱的樣子。

過了不久，有一個身穿西裝制服的國中男生走進來，接著又是一個……總共有四個學生陸續走進店內。

我用鏡片底下的眼睛緊盯著其中一人——看起來最聰明、長得也挺好看的男生。

他經過參考書區，繼續往前走，到了商業書籍區。他拿著一個大布袋，擋住了手邊的書架。

同樣穿著西裝制服的其他三人也各自背著或提著大布袋，在店裡悠然漫步。

店內原本充斥著書本吆喝『買我』、『買我』的聲音，今天卻格外安靜，但是聽不見書本聲音的人不會發覺這一點，也不會知道書本們正在屏息注視著他們的每一個小動作。

他們也不會發現書本正在盯著他們。

他們以為這是店員看不到的死角，放心地把手伸向平臺上的書。

那是最近深受矚目的知名歌手自傳。

它的嗓門完全不會輸給歌手能傳遍演唱會每個角落的歌聲，大聲喊道：

『救命啊！我要被偷走了！』

漫畫區也發出了一樣的呼喊。

外國文學區也是。

還有專業書籍區。

『救命啊！』

『我被放在包包裡了！』

『啊啊啊！又有書本被放進來了！』

『他正走向食譜那一區。啊！又有書本進來了！』

『我是《親子動手做！簡單蛋糕食譜》！救命啊！快救救我！』

『喂，你想不花一毛錢就帶走本大爺嗎？我可是身價非凡的男人喔。這是《業平系列最新續集～漆黑的史芬克斯》，而且本大爺是下冊，你先給我去看完上冊！』

『這個人現在正在成人小說區喔。這樣不行啦，等你滿十八歲再來。』

店內各處都傳來書本的聲音。

我跑向自己盯著的聰明男生，雙手各抓起一支手機。

「悠人學長請到食譜區。若迫到B6版角色小說區，業平被偷走了。」

就像這樣，我持續地把書本提供的情報轉告他們。

那群偷書賊似乎很熟悉店裡的路線，他們巧妙地躲開店員，不斷把書丟進布袋。

『結哥！目標正從學術書籍區左轉！』

這是小學徒的聲音。它的聲音不像之前那麼懦弱，聽起來清澈又有力。

『結……他經過童書區了……還有，結是屬於我的。結，我愛你……』

啊啊，這是夜長姬的聲音。

我本來叫她待在家裡，但她卻用冷冰冰的聲音堅持地說『……我也要一起去抓偷書賊……我和結是一體的……』，所以我就讓她待在文學區監視。

她竟然對我說「我愛你」。真是羞死人了！

我的臉頰和嘴角忍不住漾開笑意。

真想大喊「我也愛妳～！」。

在這麼多書本的聲音之中，她的聲音既不大也不宏亮，反而斷斷續續、有些含糊，可是又特別可愛迷人，聽得格外清楚，像是直接灌進我的耳朵。

一定是因為愛吧？

不行不行，現在不是心神蕩漾的時候，得先抓到偷書賊才行。

「悠人學長請繼續走向學術書籍區，若迫去漫畫區。」

我、悠人學長、若迫，三人分別擋在扛著一大袋書本的小偷面前。

「你好，我的朋友似乎在你的袋子裡，可以打開讓我看一下嗎？」

我一直盯著的聰明男生拔腿就跑。

但他逃到哪裡都沒用。書本不斷報告他的去向。

『小偷！』

『他繞過轉角了！』

『往那邊去了！』

『別想逃！』

我繞到前方，再次擋在他的面前。

那張看似教養良好的臉孔因憤怒而扭曲。

「好啦，拿出包包裡面的《雪貂小柚寫真集》、五本《天球迷宮系列》、《勇者編年史》最新一集、《絕對不能買的名牌》續集、《從鼴鼠變成龍的日記～某個上班族的自言自語》，還有《巴士車掌小姐溼答答的校外教學》！」

聽到我信心十足的聲音，他臉上的憤怒漸漸變成了驚恐。

他一定覺得莫名其妙，為什麼我能一字不差地說出他放進布袋裡的書名？

難道我一直在監視他嗎？從什麼時候開始的？

他一定在想，沒聽說店裡裝了監視器啊。他還臉色蒼白地呆立原地，另外兩個夥伴從左右兩邊各自跑來，悠人學長和若迫追在他們的身後。

偷書賊聚集在通道的交會處，三人都露出絕望的表情。

在門口等著的店員擋住了第四人，還要求他拿出包包裡的書。

站在通道交會處的三個國中生臉色越來越慘白，咬著嘴唇，垂著眉梢，雙腳顫抖。

被我盯上的目標、外表像個好孩子的男生應該是這夥人的老大，其他兩人都不知所措地看著他。

他也一樣臉色蒼白地咬著嘴唇，卻臉頰抽搐地瞪著我。

「我有打算要付錢啊。我又還沒把書帶出去，你怎麼可以認定我偷書？」

我平靜地回答：

「嗯，你說得沒錯。如果你在老師和父母面前也敢這樣說的話，那你就去說吧。」

其他兩人都嚇壞了。

「阿浩！」

「糟糕了啦，阿浩！」

名叫阿浩的男生聽了也全身一顫，但他似乎想要偽裝成生氣的樣子，大喊一聲：

「阿潮！」

空氣為之震動，我能感覺到店裡所有書本都緊張了起來。

通道前方出現了身穿黃色寬鬆帽T、七分褲、運動鞋，大眼睛短頭髮的女孩。

她垂著眼簾，像罪人一樣戰戰兢兢地走到通道中央。

書本們都擔心地喃喃說著：

『小潮。』

『小潮……』

那個帶頭的男生向小潮吼道：

「阿潮，你解釋一下！是你跟我們說有喜歡的書都可以拿走的！你已經跟店裡的人說過了！是這樣沒錯吧，阿潮！」

昨天晚上，小學徒和其他書本終於說了實話。

小潮是這間書店老闆的孩子，店面後方就是住家，小潮從小就一直泡在書店。

我一開始就猜到了，偷書的國中生會那麼熟悉店員比較少的時間帶和櫃檯看不到的死角，一定是有內部的人在幫他們。

書本們之所以欲言又止，就是為了保護那個人，而那人想必就是小潮。

「阿潮，別發呆啊，快點跟你爸他們說我們是無辜的。如果我們的父母被叫來，消息傳到了學校，班上同學就會知道我們是因為你沒有交代妥善才被當成小偷，到時你的下場一定會比我們更慘，我也沒辦法再保護你了喔。」

小潮害怕地縮起身子，小小的手握緊拳頭。

如果是膽子比較小的人，聽到這種威脅，或許就會因為害怕遭到霸凌而乖乖屈服了。

對那些偷書賊來說，小潮既是提供消息的人，又是事蹟敗露時的保護傘，他們可以聲稱自己沒有付錢就把書放進包包是書店老闆的孩子小潮准許的。

昨天把我當成小偷、和我媽媽差不多年紀的豐滿女店員走了過來。

「小潮，是這樣嗎？」

她擔心地問道。

小潮看著地板，握緊的手膽怯地顫抖。

書本們緊張地在一旁看著，喃喃叫著『小潮……』。

小潮在學校裡遭到了霸凌。

這幾個同學救了小潮，卻要求小潮協助他們偷書。書本們告訴我，小潮是因為害怕又被欺負，所以不敢拒絕他們。

真可憐。小潮好可憐。書本們說道。

我一想到小潮的心情，就覺得心頭揪緊。

可是，拜託……拜託你現在一定要回答「不是」。

希望你保護自己從小待到大、爸爸的書店裡的書本。

為了不讓這間書店的書本再淪落到那麼可悲的處境，希望你拿出勇氣。

拜託你，小潮。

小潮依然低著頭。

此時那個帶頭的男生用高高在上的語氣說：

「我們只不過是在玩遊戲。你也很樂於安排計畫，不是嗎，阿潮？」

小潮猛然一顫，一臉絕望地瞪大眼睛，然後又緊緊閉上。

我氣憤地叫道：

「玩遊戲？開什麼玩笑啊！」

我抬頭抬得太用力，差點把眼鏡甩掉。因為太生氣，眼睛和腦袋都呼呼發燙。小潮、那個帶頭的男生，還有其他幾個國中生，全都驚愕地望向我。若迫也訝異地睜大眼睛，悠人學長則是一臉無奈。

我會生氣是理所當然的！

這叫我怎麼忍得下去！

「你們以為被你們當成遊戲戰利品的書本是懷著什麼心情陳列在店內的？在這裡等著出售的書本一直想像著『我會被怎樣的人買走？』、『那個人會讀我嗎？』，滿心期盼著見到自己的讀者耶！」

我想起小學徒哭泣著說過的那番話。

就像故事中的小學徒遇見神明一樣，他希望自己有一天也能遇見專屬於自己的讀者。

對小學徒來說，那個人就像是神明。

——啊啊，真想快點遇見那個人。

我一想到小學徒剛從印刷廠被送到書店時的心情，就覺得心痛難耐。

他一定總是在書架上望著走進書店的客人，猜想自己的神明會不會是這個人？會不會是那個人？天真的眼睛充滿期待的光輝，等待著命中註定相遇的那個人。

但他的心願卻被糟蹋了。

「你們傷了書本的心，毀掉了他們在書店遇見讀者、幸福快樂地被人買走的未來！店內的新書原本應該依照定價賣出，你們卻踐踏了這些書本的尊嚴！」

——夜、夜長姬小姐能遇見結哥……真是太幸福了。

——真的會有神明發現我嗎？我被神明翻閱的那一天真的會到來嗎……？

他還哭著說，他已經無法相信自己會遇上那麼好的事了。

神明代表著幸福有朝一日會降臨在自己身上的希望，但小學徒已經失去希望了。

「你們的所作所為太殘忍了！把書本從書店裡偷出去賣掉就是這麼殘忍的事！你們是扭曲了書本命運、擄走書本的大罪人！」

我想他們多半聽不懂我說的這些事吧。什麼書本有心、書本會對人說話，他們鐵定從未想像過，即使我叫他們試著想像書本的心情，他們也只會一頭霧水。

但我真的太生氣了，我非得說出這些話不可。

我既然聽得到書本的聲音，怎能不為它們感到憤慨？就算會被人當成滿口胡言亂語的瘋子，我也不在乎！

求救似地望著老大的那兩人大概是被我凶神惡煞的模樣嚇到了，都哭著說：

「對不起。」

「很抱歉。」

帶頭的男生挑起眉梢，喝斥他們：

「喂！你們搞什麼啊！」

但那兩人還是哭個不停。

在門邊被男店員質問的國中生似乎被他們的哭聲感染，也跟著哭了，帶頭的男孩氣憤地咂舌。

脆弱而痛苦地低垂眼簾的小潮也一樣，淚水從那雙大眼睛撲簌落下。

「對、對不起……是、是我告訴高島他們……店員比較忙的時間……還有櫃檯看不到的地方……高島……在我被欺負的時候……幫助了我……我的書快要被人撕破的時候，是他幫我拿回來的……他還對我說……他、他也很喜歡那套書……」

小潮斷斷續續地說完之後，抬起淚水沾溼的臉，對著帶頭的男生大叫：

「我受夠了！我不想再做這種事了！我討厭做這種事！討厭！討厭！」

小潮用盡全身的力量大叫，像是要把累積在心中的情緒全都傾吐出來。

叫著討厭，叫著再也不想做。

那張可愛的臉龐全是淚水。

不過，小潮不是女生吧？應該叫他阿潮才對吧？但我覺得還是叫小潮比較適合他。

『小潮……』

『嗚嗚，小潮……』

書本們也都哭了。

對小潮來說，聽到別人和自己喜歡一樣的書，或許比遭受霸凌時得到幫助更值得開心。

有朋友可以陪我聊書了！或許小潮是因為太開心，才會對他們言聽計從。

——你喜歡書嗎？

我這樣問的時候，小潮一臉難受地沉默不語，好一陣子才低聲回答：

——……大家都不看書了。

我不確定高島對小潮說自己也喜歡那套書是為了拉小潮入夥而說謊，或是他本來真的喜歡看書，只是後來膩了……

小潮說話的時候，帶頭的男生露出悲傷的表情，但他隨即憤恨地瞪著小潮，聲音陰暗又低沉：

「……阿潮，你給我等著，今後我會把你打入地獄。我爸可是律師，我媽還是市議會的議員。」

他的眼中發出寒光。

他看著小潮的眼神不屑得像是在看一隻咬了他的腳的螞蟻。

感到害怕的不只是小潮，就連其他兩人都縮著身子沉默不語。

這時一個開朗的聲音傳來。

「難道你是高島里子議員的兒子嗎？這麼說來，你父親就是高島守彥律師囉？」

說話的是悠人學長，他的語氣悠哉得像是在貴賓室裡優雅地端著茶杯喝茶。

他那高雅的容貌、氣質出眾的措詞和態度一眼就能看出來自上流階級，令高島畏懼地縮起下巴。

「我們家有幾間公司受到令尊事務所的關照，我也在一些派對上見過令堂，她有一套清楚的教育理念呢。真希望有機會和高島議員聊聊你沉迷於這種卑劣遊戲的心態。」

聽到社會地位崇高的父母在悠人學長的口中變得像是下等人似的，高島的表情越來越僵硬。

悠人學長還對高島露出無比迷人、如王子一般的微笑。

「如果你今後還想靠著父母的力量繼續在學校玩些無聊遊戲，那我也會做出一樣的事唷。比起在書店裡跑來跑去抓小偷的遊戲，我更喜歡那種玩法。高島，你的成績和頭腦應該都不錯吧，怎樣？要不要陪我玩玩啊？」

哇塞……悠人學長看起來超邪惡的。

雖然乍看很優雅，但他的眼神銳利到簡直能貫穿對方的心臟，還帶著一絲殘酷，彷彿很享受這個局面……看到這種眼神，任誰都會嚇到喊著「對不起」而逃走吧。

悠人學長是姬倉一族領導者的兒子，幾乎沒有辦不到的事。

高島想必也感覺得到，如果他真的跟悠人學長玩這種遊戲，會像蟲子一樣被人踩扁的一定是他自己，而且他今後若是直接或間接地傷害了小潮，他一定會被打入地獄。

「唔……」

他說不出話了，只能沉吟著低下頭去。

若迫像是看著偶像一樣，崇拜地望著悠人學長。不是吧，悠人學長這種作風也太恐怖了吧……

不過也真多虧了他，小潮的安全才能得到保障。

這時在文學區，我的公主殿下用冰冷得能讓整間店凍結的稚嫩聲音說著：

『結……事情已經辦完了，和我一起回到我們兩人的愛巢吧……接下來的半年……你一步都不准出去。』

◇ ◇ ◇

悠人學長坐著專屬司機開的車離開以後，婉拒搭便車的我和若迫一起走在月光灑落的路上。

不知不覺間已經到了晚上，柔和清澈的銀色光輝籠罩著市鎮。

車站就在附近，但我很想散散步，所以說要走到能使用月票的車站，若迫跟了上來，說「我也一起走」。

「喔？真想不到。」

「怎麼了……？」

「我還以為你沒興趣和別人往來呢……啊，我不是在批評你啦，只是覺得你不會依賴、討好或是顧慮別人，自己一個人也過得很好。我覺得這樣還滿帥的。」

若迫認真地思索，一邊回答。

「……是嗎？在我看來，你比我更特殊呢。」

「特殊？」

他是指我能和書本說話嗎？

若迫並不知道這件事。就算我真的告訴若迫「我能聽見書本的聲音」，他大概也只會回答「你發燒了嗎？要不要去保健室？」，所以還是不提為妙。

此刻夜長姬就在我左邊的口袋說『……你們走得太近了……再靠近一步就會親到……這距離太危險了……結，你立刻往旁邊走一百步……否則再過二十三分四十七秒，我就要發動詛咒了……』，還不斷地倒數。

小學徒也在右邊的口袋用稚嫩的聲音說著：

『小潮和書店的夥伴們……都沒事了。』

離開書店前，我問小學徒「要不要回到小關書店？」，但他有些寂寥地回答：

——我已經被賣掉了，不再是新書了。

我對他說「你將來一定也會遇見很好的人，一定會遇見你的神明」，他懷著微薄的希望，堅強地回答：

——嗯。真是這樣就太好了。

「還有十九分五十六秒……」夜長姬冷冷地不斷倒數的聲音真是太可愛了。我邊這麼想邊走著，若迫似乎還在思索，他開口說道：

「不……說你特殊太失禮了，對不起。我只是覺得你的想法和行動很難理解，或者該說不可思議……」

我心想，若迫很習慣分析事情，真不愧是全國心算大賽第三名的理科生。

就像同一版的書本也會有不同的性格，每個人當然也有各自不同的性格，有太多地方無法互相理解。身為文科生又不愛出門的我籠統地覺得，就是因為這樣才需要想像力和對話。

但我並不討厭若迫這種一板一眼找尋答案的性格。

「喔？怎麼說？」

「榎木，你是不是聽得見我們聽不到的聲音啊？」

咦！

若迫真是敏銳。我的確聽得見。

我笑著回答：

「嗯，確實如此。我能聽見書本的聲音。」

若迫大概把我的回答當成笑話了，他既不驚訝，也沒有繼續追問。

他只是平靜地問道：

「……所以你在書店裡才會那麼生氣？因為他們不尊重書本？」

「是啊，如果你珍惜的人受到了傷害，你一定也會很生氣，很想為他做些什麼吧。」

「……我沒有這種機會，所以我也不確定。但你就會這樣做，不只是為了書，即使是為了不熟的人，你也是這麼拚命……這點一直讓我覺得很奇怪。你都沒有懷疑過嗎？每個人都有各自的隱情，親眼看到的也不一定是對的。說不定你幫了別人，別人反而還會嫌你多事……」

悠人學長告訴過我，若迫在國中的時候想要保護遭受霸凌的同學，結果卻害得欺負人的同學受傷了。

看到小潮他們的情況，說不定又讓若迫想起了過去的事。他習慣和人保持距離可能也是因為那段經驗吧。

他被遭受霸凌的同學嫌棄過「多管閒事」嗎？

若是這樣，那就太令人難過了。

我盡量不要表現得太沉重，語氣尋常地說：

「我也會懷疑，也會不知所措啊。我也會擔心自己是不是太多管閒事了，是不是只是為了自我滿足。」

「真的嗎？」

「是啊。」

我笑著點頭，拿出右邊口袋裡的小學徒，把封面朝向若迫。

「大文豪志賀直哉的《小學徒的神明》也寫到有一個人明明為別人做了好事，卻覺得很羞恥。若迫，你看過這本書嗎？」

「沒有……我只在課本裡讀過志賀直哉的《在城之崎》。」

若迫似乎挺有興趣，所以我向他敘述了《小學徒的神明》的大綱。

貴族院議員A君某日碰巧遇見了小學徒。

他看到小學徒因為錢不夠多，只能落寞地離開壽司攤，他很想請小學徒吃東西，卻沒有這麼做。

B議員說如果他這麼做，那位小學徒一定會很開心，但是A這麼回答：

——小學徒會很開心，但我可是渾身冷汗。

——冷汗？是說你沒這個勇氣嗎？

——我也不確定這是不是勇氣，總之我根本沒有勇氣開口。

B也贊成地說「確實是這樣呢」。

後來A碰巧來到小學徒工作的秤店，打算藉著叫小學徒幫忙搬東西的名義請他去吃壽司。

A不敢在秤店裡寫出自己的姓名地址。

若是被小學徒知道名字，他就更沒有勇氣請客了，所以他只好寫了假的姓名地址。然後他帶小學徒去壽司攤，說自己要先走，叫小學徒慢慢吃，就逃命似地離開了。

「A離開之後去了B的家。志賀直哉在這裡寫道『A莫名地感到了寂寥』。」

「寂寥……」

若迫喃喃說道。

他的語氣彷彿在說「喔喔，我可以理解……」。

『小學徒很開心，自己應該也要覺得開心才對。讓別人開心又不是壞事。』

『可是，他卻莫名地感到寂寥，心裡很不舒服。』

『為什麼呢？這是從何而來的呢？這種感覺很像私底下做了壞事的心虛。』

若迫靜靜地聽著我說話。淡淡的月光照在他端正的側臉上，看起來既蒼白又孤單。

說不定我的臉在若迫的眼中看起來也很寂寞吧。

「做好事大概也需要勇氣吧。譬如在電車上讓位給老人家的時候，不是也會有些猶豫嗎？讓位之後還會覺得繼續待在原地很尷尬，忍不住移動到其他車廂。」

「……喔喔。」

「或許就連相信自己很善良都是錯的，都是在自欺欺人。」

我是書本的朋友。

我可以為書本做任何事。

或許這只是我一廂情願的想法，書本根本不期待我做什麼。

或許我自顧自地說完想說的話就高興了，其實我根本不想要溝通，對方真的回應了反而會讓我感到羞恥，甚至是排斥。

「可是，如果我對那些事視若無睹、充耳不聞，一定會繼續牽腸掛肚、坐立難安，因為我已經看到了，已經聽見了。既然如此，我只能採取我認為最妥善的行動。我這麼愛管閒事，大概也是為了自己著想吧。」

在我手上默默聆聽的小學徒用孩子氣的、稚嫩的可愛聲音說：

『小學徒非常感謝A先生，能盡情吃一頓美味的壽司，他真的很開心。他把A先生當成了神明。對小學徒來說，A先生做了一件非常好的事。』

是啊。

我也是這麼想的。

志賀直哉也寫了，小學徒後來在悲傷痛苦的時候都會想起「那個客人」。他光是回想起那件事就能得到慰藉，也相信「那個客人」遲早有一天還會帶著意想不到的恩惠出現在自己的面前。

我想，小學徒每次想起A君，心裡一定會感到溫暖，臉上也會露出笑容。

就像我每次回想起書本們愉快地說「結，謝謝你」的時候，都會自然而然地微笑。

如果書本幸福快樂，我也會感到幸福。

『大家都很感謝結哥你們做的事，我也是。我本來已經放棄希望了，但我現在又開始覺得，或許我將來還能遇見我的神明。』

小學徒開心地說道，我聽得不禁莞爾。

夜長姬喃喃說著：

『……還有九分二十一秒……結……你笑得太開心了。』

我發現若迫正在盯著我看，忍不住露出害羞的笑容，然後我把小學徒舉到胸前，大聲地說出結論：

「也就是說，不管A君的心情如何，他的行動都帶給了小學徒幸福。所以我今後還是要繼續多管閒事。」

沒錯，只要我還能聽見書本的聲音，我就是他們的朋友。

若迫依然專注地凝視著我。

我開玩笑地說，被他那麼認真地盯著讓我忍不住心跳加速呢。結果若迫露出了微笑。非常細微的微笑。

哇塞！若迫竟然笑了！

他真的笑了吧？這或許是我第一次看見他笑。

咦？為什麼？有什麼好笑的？我說的話很奇怪嗎？我本來還打算裝帥的，失敗了嗎？

我還在慌張時，若迫用前所未見的溫和語氣說：

「我好像可以理解悠人學長為什麼會特別信任你了。我也想要向你學習。」

「蛤？」

我太吃驚了，忍不住發出奇怪的驚呼。

『……結，你不准被人勾引……我要詛咒你，立刻。』

夜長姬在口袋裡生氣地說。

不不不，若迫才沒有在勾引我。雖然我們在月光灑落、空無一人的行道樹下注視著彼此，氣氛確實很好，但我們真的不是那種關係啦。

我拿著小學徒拚命地搖頭，全身也跟著晃動，小學徒喊著『結哥，我頭都暈了啦』。

啊，抱歉。

「悠人學長更信任你吧，你就像是他的左膀右臂或防身小刀，成績比我好，身材比我高，臉也比我帥，而且比我更理智。」

「悠人學長常常主動找我是因為他還在擔心我。或許他有一點信任我，但我完全無法跟你相提並論。我經常覺得，你在悠人學長的眼中是特別的。」

那是因為悠人學長知道我能和書本說話啦。而且他會知道這件事都是因為……算了，我也沒辦法跟他解釋。

「真的嗎？我只覺得自己像他的小嘍囉。」

總之我就這樣回應吧。

夜長姬也插嘴說：

『……悠人是壞蛋，老是利用結。』

若迫看著我的神情柔和。他是否向我學習不重要，他能對我放下戒心我就很高興了。

「我有事想拜託你。」

「什麼事？」

「你可以幫我挑選早上閱讀時間要看的書嗎？」

喔，對了，若迫會去小關書店也是為了買閱讀時間要看的書嘛。

「要我推薦嗎？那你的眼前就有一本值得推薦的名著！」

我再次展示手上的小學徒。

『結、結哥……我、我怎麼行……』

小學徒驚慌不已，那焦急的語氣令我不禁想到一個滿臉通紅、手足無措的小男孩。

若迫認真地盯著小學徒好一陣子。在這短短的幾秒鐘，小學徒一定緊張到心臟都要從嘴巴跳出來了。

若迫喃喃說道：

「這樣啊……」

直到他露出微笑說「聽了你剛才那番話，我也很想讀讀看」，從我的手中接過小學徒，我才知道他的反應對小學徒來說代表了正面的意義。

小學徒發出喉嚨顫抖的聲音。

一定是因為太開心了。

「這本書是我寶貴的朋友，就特別轉讓給你吧。你一定要好好地讀喔。」

「真的可以嗎？」

「嗯！」

小學徒從我小巧的手交到了若迫纖細的手上。

「謝謝。我一定會用心讀的。這本書好像能教給我很多事，我還是第一次這麼期待看書。」

若迫看著書本封面，面帶微笑地這麼說，小學徒聽得情緒澎湃，泫然欲泣地說：

『天哪，我快要散掉了……』

小學徒說過，如果能遇見神明，如果能被神明翻閱，如果能得到神明的喜愛，他一定會開心到一頁頁地散落。

若迫成了小學徒的神明。

能遇見神明真是太好了。

太好了。

太好了，小學徒。

若迫和小學徒都是一副興致盎然、迫不及待的表情。希望若迫會喜歡小學徒。

嗯，他一定會喜歡的。我認為志賀直哉簡潔明確、氣質高雅的文章很適合若迫的個性，和書名同名的短篇故事〈小學徒的神明〉一定也會讓現在的若迫產生共鳴。

小學徒在若迫的手上開心地不斷說道：

『謝謝你。請多多指教。』

若迫應該聽不見小學徒的聲音，但他的表情卻非常溫柔，像是充滿愛意。

看著若迫和小學徒相處和睦的這一幕，讓我也好想快點回家，在房間裡和夜長姬說話，邊翻著寫滿濃烈字句的美麗書頁。

夜長姬還在我左邊的口袋裡可愛地吃著醋。

『……那小子已經是別人的書了，你不准再依依不捨地盯著他……你能翻閱的只有我……為了慶祝那小子不在了，今天就准許你翻我一整晚……如……如果你想要的話……就算……就算蹭蹭也行喔……』

這一晚我和夜長姬到底有沒有蹭蹭，那就是情侶之間的祕密了。

◇　◇　◇

事後，小潮特地來找我。

身穿西裝制服的小個子男孩惶惶不安地站在校門外。

「咦？小潮？」

我一出聲，他就嚇得肩膀一震，然後向我深深鞠躬。

「結哥，上次真是謝謝你了。你幫了我那麼多，我一定要好好地向你致謝。」

他用還沒變聲的可愛嗓音誠懇地說道。

抬頭看著我的小潮神情非常緊張，一雙大眼睛水汪汪的。他現在穿著制服，確實像個男孩了，不過還是很可愛。

「謝謝你專程來找我。學校的情況怎麼樣？如果遇上麻煩，可以去跟悠人學長說，他藉著家族勢力打壓別人的技術是一流的。如果你不好意思去找悠人學長，要我幫忙轉達也行，你隨時都可以來找我。」

「謝謝。那個……我、我沒事的。高島他們現在都不跟我說話了，一看到我就轉開視線。」

小潮這麼說的時候，表情有些寂寞，或許是因為高島他們畢竟救過他吧，一想到這裡，我也有些難過。

在小關書店抓到偷書賊之後，店裡的人聯絡了每個人的家長，請他們來接孩子。有些家長很不客氣地聲稱「我家孩子不可能做出這種事」，但是悠人學長說了幾句話之後，對方就臉色蒼白地閉上嘴巴了。

小潮也被身為書店老闆的爸爸狠狠地訓了一頓。他垂著眼簾說，這是他第一次被爸爸打。

他爸爸流著淚斥責他，然後緊緊地抱住他，向他道歉說「對不起，爸爸都沒發現你的痛苦」。

媽媽和小潮也哭了，三人就這樣哭成一團。

「我默默地發誓，絕對不再惹爸爸媽媽傷心。而且……我也得更珍惜店裡的書本……聽到結哥說，書本都很興奮地期待著會被怎樣的人買回去看，讓我覺得書本好像真的是活生生的……又覺得自己做了很惡劣的事……越想越難過。今後我會記得書本也是有感情的，我會好好地珍惜他們。」

聽到小潮這麼說，讓我覺得心裡暖洋洋的。

「小關書店的書本都很喜歡你，一直不肯說出你幫助同學偷書的事。他們還說了很多你的事，像是你小時候會眼睛發亮地走在童書區和漫畫區找尋想看的書，還有你很喜歡《屁屁偵探》系列，坐在地上看得很專心，結果被爸爸罵了，非常沮喪，但你還是緊緊抱著《屁屁偵探》不放。他們都說你是個愛看書的好孩子呢。」

——小潮總是難過地看著我們的夥伴被偷走之後留下的空位。

——小潮一定是有什麼苦衷。他是個體貼的好孩子，不可能做出這種事。

——我一直看著小潮。小潮是看著小關書店的書本長大的。

——結，拜託你，幫幫小潮吧。

小潮聽到我這番話會怎麼想？

他驚訝地睜大眼睛，不明白我怎麼會知道那些事，但隨即垂下眉梢，一副快要哭出來的樣子，他緊緊抿著嘴巴，彷彿做出了某種決定。

我想，他一定是決定今後要好好守護小關書店的書本吧。

小潮再次向我深深一鞠躬後就離開了。

他臨走時靦腆地說了一句：

「結哥，那個……我可以跟你交換聯絡方式嗎？希望有機會能跟你聊聊書。」

「好啊，隨時都可以找我。」

我們交換信箱和 Line 之後，小潮露出開心的笑容。

「我一直很希望能和別人聊書，我最喜歡書了。」

他如獲珍寶地把手機緊握在胸前，讓我也覺得好高興。

我正目送著小潮的身影漸行漸遠時……

『……劈腿……不可原諒……詛咒你……』

耳邊突然傳來了這句話。

『結……果然喜歡男生……我要詛咒全世界所有未滿十三歲的男孩……全都變成渾身肌肉、腋毛濃密的大叔。』

竟然懷疑我這種事。

在秋高氣爽的天空下，我胸前口袋裝著淡藍色封面的女友，看著愛書的嬌小男孩跑遠，心情就像天空一樣晴朗。

就像相信會再遇見神明的那位秤店小學徒。

# 夜長姬的小祕密
# 和小學徒的祕密談話

(＊｀Д´)—∈　下次敢再勾引結，就把你丟進油鍋……。

(((°□°;/)ﾉ　我、我不會啦。我已經是高也的書了，我不會這麼做的，絕對不會！

(Ⅱ_Ⅱ)咒咒咒～　對小男孩……可不能掉以輕心（一邊對小潮發出怨念）。

o(´∀｀)o　夜長姬小姐真的很喜歡結哥呢。

(//·/ω/·//)　輪不到你這種小男孩來說。

( ⋃ᵥ⋃ )　我也好喜歡高也。高也讀我時非常仔細，對我又很溫柔。他真是我的神明。

ヽ(≧□≦;)ノ　這些話太可愛了，你絕對不能在結的面前說！

# 第二章 喜歡小花喜歡得不得了的溫柔書本的妹妹們

「你要來我家嗎？」

妻科同學稍微噘起嘴巴，視線從我的身上移開，語氣不悅地說。

「好啊好啊！真是幫了我一個大忙！」

我不加思索地回答。

◇　◇　◇

這天的災難是從早上開始的。

天空晴朗，清風涼爽，我在上學途中經過一座公園，正在跟胸前口袋裡的「女友」說我今天與其去學校，更想坐在公園長椅上看書，啊，我想看的當然只有夜長姬，我才不會想其他的書呢。就在此時……

『危險！會掉下去喔！』

我聽見一個老爺爺緊張的聲音。

回頭一看，有兩位年輕媽媽站在噴水池前聊天，其中一人推著嬰兒車，另一人身後有個拿著繪本、走路蹣跚的小男孩正要爬上噴水池。

他小小的腳跨上池緣，身體搖搖晃晃，緊緊抱在胸前的繪本的書名是《安啦！安啦！》，封面上有一位閉著眼睛的悠閒老爺爺。但他發出的聲音一點都不悠閒。

『不可以，快回去！』

他努力地想要阻止小男孩。

但是男孩根本聽不見書本的聲音。

男孩的媽媽聊得正開心，一點都沒注意到孩子搖搖晃晃地攀在噴水池邊。

看到他那小小的身體突然傾斜，我嚇得大叫：

「危險！」

我立刻衝過去，屈身抱住正要跌進水裡的男孩。屁股感到一陣衝擊。好冷！隨即一屁股跌坐在水裡。

抱著繪本的男孩在我懷裡哇哇大哭，男孩的媽媽趕緊跑過來。

放在我胸前口袋的夜長姬緊張地叫著：

『討厭討厭，我討厭水，會弄溼啦！』

男孩、男孩的繪本以及夜長姬都平安無事，但我的眼鏡滑落到鼻子下，抱住男孩時丟出去的書包整個泡在水裡，於是我就穿著溼答答的褲子上學了。

四周的學生都用「那傢伙是怎麼回事？」的目光看著我，老師也衝過來問我「你怎麼了？被人欺負了嗎？」，我回答「沒有啦」，正思索著「教室裡有運動服，快去換上吧」，卻在走廊上撞見了妻科同學。

妻科同學睜大眼睛，認真地盯著我的下半身，露出了憤怒的神情。

「這是怎麼了？你被人欺負了嗎？霸凌？」

她問了跟老師一樣的問題。

我看起來像是那麼容易被欺負的人嗎？雖然我確實比一般的高一男生矮，又是不愛出門的文科生，一點體力都沒有。

妻科同學臉色嚴峻，一副氣沖沖的樣子，如果我真的被欺負了，她恐怕會立刻衝去找那個人，痛揍他兩、三拳吧。

我盡量語氣溫和地解釋了前因後果。

我說自己是為了幫助差點跌到噴水池裡的小男孩，才會一屁股坐到水裡。聽到那孩子手上的繪本大叫「危險！」，我的身體就自己動了起來。如果我能更敏捷地抓住他就好了。妻科同學聽了我的解釋，表情無奈地喃喃說道：

「唔……你這個人真是的……」

順帶一提，夜長姬一直在我胸前的口袋冷冷地說著：

『我聽到女人的聲音……結，不准劈腿……我要詛咒你喔。你立刻對那女人扮鬼臉，離她遠遠的……否則我就要詛咒你……讓你的褲子永遠都溼答答的……』

如果我的褲子一直溼答答的，怕水的夜長姬一定也會覺得很困擾吧。不過她沒顧慮到這些，依然衝動地叫著「詛咒你、詛咒你」的樣子真是天真又可愛……想到這裡，我不禁滿臉笑容，看來我也挺天真的。

等一下再跟夜長姬說「那我要把妳放進溼答答褲子的口袋喔」，她一定會很害怕，但還是繼續嘴硬。那樣鐵定也很可愛。

「榎木，你在笑什麼啊？」

「咦？呃，那個……」

被妻科同學一瞪，我急忙收起笑容。

「呃，我只是想到考試快到了，筆記卻泡了水，不能讀了。這種時候也只能笑了……」

「這樣啊……」

妻科同學似乎有些猶豫，接著她轉開視線，不悅地說：

「那你要看我的筆記嗎？」

「啊？」

「我週六本來就打算K書。」

雖然她神情冷淡，但她願意把筆記借給我看，真是太好了……

妻科同學噘著嘴說：

「你要來我家嗎？」

聽到她這麼問，我立刻探出上身，回答：

「好啊好啊！真是幫了我一個大忙！」

就這樣，我決定明天要去妻科同學住的公寓拜訪。

但她生氣地問我：

「你為什麼這麼輕易就答應了！」

「啊？不行嗎？」

「也……也不是不行啦……」

「是嗎？太好了！謝謝妳！」

我笑容滿面地道謝，妻科同學有些臉紅地說：

「那……我等一下再用 Line 把地址傳給你。你最好快把褲子換掉，這樣看起來好像尿褲子。」

說完她就回教室了。

雖然妻科同學說話不好聽，待人卻很親切。我正悠哉地想著「她願意借我筆記真是太好了」，夜長姬在口袋裡聽到我們的對話卻非常生氣。

『就算過了一百年我也不會原諒你……為什麼要去那女人的家？跟她借筆記去影印不就好了嗎……不，讓你摸到我以外的女人的東西太髒了……所以也不行。與其這樣，還不如考不及格而留級……反正我也不在乎你的學歷……那個女人用筆記當誘餌把你引誘到她家……一定是打算勾引你……她一定會全裸穿著圍裙出來迎接，然後把你推倒在床上……』

「絕對不可能啦。妳擔心過頭了。還有，全裸穿圍裙這種事妳是從哪裡看來的？」

『……是你藏起來的那本猥褻溫泉書裡面寫的……』

「妳是說熱水霧嗎？那是輕小說，又不是色情書刊。再說妻科同學對戀愛又沒有興趣，就連女生們崇拜的足球社帥哥學長向她告白都被她拒絕了。她怎麼可能甩掉帥哥學長卻跑來勾引我啊？」

『……結是全宇宙……最遲鈍的人。我要判你狂舞之刑，一百次。』

「嗯嗯，那我今天就抱著妳一邊旋轉一邊閱讀，一定會很愉快。」

直接說結論吧，一邊旋轉一邊看書太危險了，我不推薦大家嘗試。我暈頭轉向，抱著夜長姬倒在床上。

「我被夜長姬推倒了……」

『才不是……是結把我……拉到床上的……今天的結……真是禽獸……』

「我眼睛都花了，夜長姬變成好多個，不過每一個都很可愛。」

我把書放在胸上，貼在臉邊，這一晚我翻閱夜長姬比平時都更濃情密意。每當我翻過那纖細的書頁，夜長姬就會開心得顫抖。

過了無比甜美的一夜，到了隔天……

『……結，如果你一定要去找那隻狐狸精……那我也要去。』

因為夜長姬的堅持，我只好把淡藍色書本藏進口袋，走出家門。

「我今天是去讀書的，妳得安靜一點喔。」

『……我本來就像冬天的湖水一樣沉靜……我比語音識別娃娃小美更不愛說話……』

夜長姬冷冷地回答。

真的沒問題嗎？

算了，反正妻科同學也聽不見夜長姬的聲音。

我在車站前的蛋糕店買了布丁當伴手禮，依照妻科同學用 Line 傳給我的路線來到一棟裸露水泥外牆的現代風格公寓。

我一按下寫著房號的門鈴，對講機立刻傳出妻科同學的聲音。她那邊似乎看得到我，她的聲音有些尖銳，說「我現在就幫你開門」，大門的門鎖應聲打開。

我搭電梯到七樓，在妻科同學家門前按門鈴。她可能已經在門邊等著了，立刻開門走出來。

妻科同學穿著寬鬆的連身裙，這衣服很適合她纖細的身材，比她穿制服時看起來更有女人味。

或許也是因為妻科同學有些臉紅吧。

啊啊，不過她還噘著嘴巴。

「這是伴手禮。今天請妳多多指教。」

我鞠躬說道，但是妻科同學的嘴巴噘得更高了。

「謝、謝謝。這家的布丁比較硬，滿好吃的。呃……進來吧。」

「打擾了。」

我口袋裡的夜長姬已經用冷冰冰的聲音說著：

『……結，這個地方……充滿了陷阱的氣氛……』

可是妻科同學又沒有全裸穿圍裙，人家衣服穿得好好的。

「我是不是也該向妳家人打招呼呢？」

被我這麼一問，妻科同學愣了一下，別開目光不悅地回答：

「我媽媽……週六也要工作。」

夜長姬就像恐怖電影裡說出不祥預言的占卜師一樣，冷冷地說著：

『你看吧……結，你看吧……』

我把手指伸進口袋，輕摸書角，試著安撫她。

妻科同學的父母已經離婚了，她和媽媽住在一起。聽說她媽媽在婚禮會場做髮型化妝師，難怪週末假日都不在家。

「這樣啊，我也買了妳媽媽的份，那就請妳轉交吧。」

「……我知道了。」

妻科同學的語氣不太乾脆。

怎麼回事？她和在學校的時候不太一樣，好像更含蓄，或是更緊張，像個內向的女孩……還是說，這才是妻科同學真實的樣貌？

皮皮愉快地這樣說過：

——小花是個愛哭又膽小的女孩，可是她只要讀了我，就會破涕為笑。

那是瑞典女作家所寫、全世界最強悍的女孩既歡樂又痛快的故事。我遇到《長襪皮皮》這本書是在幾個月前，綠葉開始生長的時候。

拚命找尋小花的皮皮是妻科同學的爸爸在她小時候買給她的寶貝書本。最後皮皮走到生命的盡頭，在妻科同學的手上散開了，但它直到最後都不斷地說著『可以再見到小花，可以再被小花讀，我好開心』。

——小花，我喜歡妳。

——我最喜歡妳了。

回想起皮皮那幸福至極的聲音，我的眼眶就開始發熱。一想起皮皮，各種情緒就湧上心頭，讓我好想哭。

「這裡……是我的房間。」

妻科同學囁嚅說道，打開了門。

充滿粉紅色和水藍色、很符合女孩子風格的可愛房間裡瀰漫著甜美的香氣。和我去北海道讀醫大的姊姊那樸素的房間相比，這個房間的少女風格強烈到令我驚愕不已。

哇塞，是女孩子的房間耶……

『……這裡也藏著邪惡的東西……結……你要小心……』

夜長姬的可怕低語就像背景音樂一樣，我一邊聽著這聲音，一邊忍不住打量房間各處，結果看到粉紅色的櫃子裡擺著水藍色的相框，那是妻科同學小學四、五年級左右的照片，她拿著一本封面畫著雀斑辮子女孩的書，靦腆地笑著。

是皮皮！

突然竄入眼簾的畫面讓我突然好想哭。

啊啊，鼻腔都發酸了。

從照片上聽不見皮皮的聲音，但我的腦海卻出現了皮皮說著「我最喜歡小花了」的聲音。

看著那張照片，我可以感覺到妻科同學和皮皮是多麼相愛。

妻科同學看到我在照片前熱淚盈眶的樣子，就微笑地說：

「我在相簿裡找到這張照片，就擺出來了。感覺好像皮皮正在看著我。」

「這張照片拍得真好。」

我也笑了。

我把淚水勉強壓下去了，因為皮皮一定更希望看到我們的笑容。

這時我突然聽到吵雜的聲音。

『嘿，你是榎木嗎？』

『你今天和小花在家約會嗎？』

那些聲音和皮皮一樣開朗。

但聽起來比皮皮更年幼。

聲音是從相框下一層的兩本童書發出來的。

《長襪皮皮出海去》

《長襪皮皮到南島》

這兩本書親熱地擠在一起。

難道它們是……！

「那是皮皮的續集，兩本都很好看。」

妻科同學的語調開朗，充滿了感情。

「《長襪皮皮出海去》敘述皮皮在圍裙的口袋裡塞滿金幣，和安妮卡他們一起去買東西。她買了櫥窗模特兒的手臂，還買了十八公斤的糖果分給孩子們。那時皮皮的喊叫真是太有趣了，她說『有哪個小孩是不吃糖的，請站出來！』，結果當然沒有人站出來。《長襪皮皮到南島》描寫皮皮在南方小島教訓了鯊魚，還打跑了企圖從島上居民手中搶走珍珠的吉姆和布克。南方小島上有很多珍珠，多到可以讓孩子們拿來當彈珠玩呢！把珍珠當彈珠玩，很令人興奮對吧？」

妻科同學的興奮語氣清楚地表現出她是多麼地喜愛皮皮的續集，照片裡的皮皮看起來似乎更開心了。

那一幕真棒，這個章節讓人好興奮，皮皮果然很強又很帥氣，但她還是有細膩的一面，真是個完美的女孩。妻科同學熱情的描述令我不禁莞爾，我面帶微笑聽著她說話，但她突然回過神來，變得滿臉通紅。

「呃……大概就像這樣啦。」

她冷淡地說道，轉開了臉。

妻科同學一定是害羞了。

她安靜下來之後，算是皮皮妹妹的那兩本書還是繼續說個不停。

『小花很容易感動喔！她每次看到湯米和安妮卡目送皮皮搭船離開的那一幕都會哭呢。還有，看到郊遊時發現小鳥的那幕，她都會哭著說好可憐呢。』

『就是啊！小花真的很善良喔！她看到皮皮教訓鯊魚的時候，還會和皮皮一起哭喔！』

『可是在〈阿羅拉伯爵夫人的謀殺案〉那裡，還有皮皮寫瓶中信的時候，她都笑得好開心。』

『嗯嗯，皮皮搭乘霍普托瑟號去酷樂酷樂嘟島冒險的時候，她還會非常開心，一臉興奮地翻頁呢。』

她們七嘴八舌，很興奮地說著小花怎樣怎樣，小花多善良，小花多可愛，我們最喜歡小花了。

就像皮皮剛到我家的時候一樣。

「咦，榎木，你為什麼笑咪咪地看著書？難道你『聽見了』什麼嗎？」

妻科同學非常緊張地問我。

我面帶微笑地回答：

「嗯，皮皮的妹妹們也非常喜歡妳喔。」

妻科同學的臉立刻紅了起來。

「這、這這這這樣啊。那真是令人高興……不過！我才不相信你能聽到書本的聲音！如果……如果你聽到它們說了什麼，那一定是你的幻聽啦！」

妻科同學果然還是無法接受我能和書本對話的事。算了，這也是理所當然的。

皮皮的妹妹們——就依照書名叫她們小海和小南吧——嘻嘻笑著說：

『小花急了呢～』

『臉都紅了，真可愛～』

『因為今天榎木要來家裡，小花從昨晚就一直坐立不安呢～』

『她今天早上拚命地擦房間窗戶，還換了好幾套衣服，自言自語地說著：要穿這件？還是那件？煩惱得不得了呢～』

『還有啊～她每次看到我的最後一頁，都會露出很悲傷的表情，寂寞地叫著「榎木」喔……』

最小的妹妹《長襪皮皮到南島》——小南——用洩漏祕密似的口吻說道。

我的名字……？

咦？為什麼？

我好奇地豎起耳朵，妻科同學和夜長姬同時喊道：

「不要再看那邊了啦！也不要再聽了！快坐下！」

『……結，我聽見災厄的鐘聲了……我們快回家吧。』

她們兩人的聲音混在一起，我困惑地喃喃說道：

「喔……嗯，是啊，我得好好用功才行。」

我在白色桌子前面的坐墊坐下。坐墊好軟好蓬鬆啊。

『結……你不理會鐘聲嗎……？如果不快點回家，一定會發生可怕的事喔。』

夜長姬開啟了不祥占卜師模式說道，我悄悄地用小指輕敲她的封面。

『唔……』

她沉吟半晌，就不再說話了。

妻科同學準備了所有科目的筆記，還很好心地把物理和英語的筆記借給我抄。她的筆記整理得清晰易懂，字跡也很整齊，非常容易讀。

聽我這麼一說，妻科同學不好意思地回答：

「哪有，這樣很普通吧。」

但她看起來挺開心的。

妻科同學還泡了茶。她拿著花朵造型的可愛茶壺將紅茶注入杯中，同時端出牛奶壺和花朵形狀的方糖。

她又請我吃花朵造型的餅乾，我問道：

「這是妳自己做的嗎？」

她嘟著嘴回答：

「只、只是冰箱裡剛好有事先做好的麵糰，用烤箱烤一下就好了。」

但妹妹們卻說出了實情。

『才不是呢～這是小花昨天晚上為榎木準備的喔～』

『這可是小花在大日子才會做的、最拿手的餅乾喔～』

然後她們又問：

『榎木，小花的餅乾好吃嗎？』

『怎樣？好吃吧？是吧？』

「非常好吃。奶油的香味很濃，而且還是熱的，又很酥脆。」

妻科同學聽到我這麼說，就紅著臉喃喃說道：

「呃……嗯，那就好。」

她露出了微笑。

『小花很高興耶。』

『太好了呢，小花。』

妹妹們興奮得大呼小叫，夜長姬卻用如同從地底爬出似的可怕語氣打斷了她們。

『……比起餅乾……結更喜歡櫻花麻糬……顆粒狀的粉紅色麻糬用醃漬過的櫻花葉包起來……又鹹又甜的道明寺（註2）……飲料也是……比起紅茶……結更喜歡濃濃的抹茶……』

「你買來的布丁也很好吃。我很喜歡。啊，我說喜歡，指的是布丁喔。」

「啊？嗯。我也喜歡硬一點的布丁。」

「我、我想也是。」

『小花和榎木對布丁的喜好一樣呢～』

『感情真好～』

『唔唔唔，唔唔唔，唔唔唔唔唔，唔唔唔唔唔，唔唔唔唔……』

真希望小海和小南不要再刺激夜長姬了，夜長姬都快哭了。我不禁想像著一位高貴的烏黑眼睛盈滿淚水、咬牙切齒唔唔沉吟的烏溜溜長髮公主。

我也安靜地抄筆記吧。嗯。

我抄著筆記，妻科同學也拿著自動鉛筆寫題庫，我們之間好一陣子只能聽到寫

---

註2　把蒸熟的糯米晒乾後再搗碎。

字的沙沙聲。

妹妹們可能覺得很無聊吧……

『嘿，小花，要不要跟榎木商量一下那件事啊？』

『是啊，難得榎木來到家裡，現在只有你們兩人，這正是好機會啊。』

她們又開始說話了。

『……才不是只有兩人……結永遠的女友……正在結的大腿上。』

夜長姬的聲音如同冰柱般寒冷。

呃，這只不過是我的上衣口袋正好貼在大腿上罷了。我一想像黑髮美少女公主正趴在自己腿上的畫面，頓時覺得很超現實。

大部分的書本都會因為害怕夜長姬而不敢開口，但妹妹們可能深受原作皮皮的影響，仍然像皮皮一樣天不怕地不怕地對我說話。

『嘿，榎木，你聽得見我們的聲音吧？』

『榎木，你陪小花談談她的煩惱嘛。』

『小花真的很困擾耶。』

『最近她在房間裡老是在嘆氣。』

『小花打電話給朋友，朋友卻勸她交往看看，讓她更不知所措了。』

『最近學長還傳了 Line 給她。』

『小花明明沒有給過他。』

『小花如果再這樣成天嘆氣，遲早會生病的。』

『……她才不會生病……就算生病了也跟結無關……』

那句不高興的喃喃低語是夜長姬說的。妹妹們彷彿沒有聽見，繼續說著：

『榎木，你幫幫小花吧。』

『小花也很想找你商量喔。上次她還說了「怎麼辦，榎木……」。』

『是啊，小花很害羞，一定不會主動提起的。榎木，你問問小花是不是在為學長的事煩惱吧。』

『結，你不必問她這種事。』

「妻科同學，妳和足球社的帥哥學長後來怎樣了？」

妹妹們開心的歡呼和夜長姬的不悅沉吟同時傳來。

妻科同學驚愕地抬起頭，嘴巴一張一合的。

「呃……咦？怎、怎麼突然這樣問？」

「沒什麼，只是臨時想到。」

她視線游移，臉頰泛紅。

「我不是說過我拒絕他了嗎？因為……我還有其他……在意的人。」

妻科同學越說越小聲，幾乎難以聽聞。

在意？在意什麼？

「呃，妳好像正在煩惱學長的事……我是聽人家說的。」

我不敢直說我是剛剛在這個房間裡聽妹妹們說的，但妻科同學似乎察覺到什麼了，她從耳朵紅到脖子，然後生氣地挑起眉毛，瞪著我看。

「我不知道你是從哪裡聽來的，總之我才沒有什麼煩惱！我的事我自己會處理！跟你沒有關係！你別老是這麼愛管閒事！」

妻科同學又羞赧又生氣，一副焦躁失措的樣子。妹妹們都忍不住嘆氣。

『唉～小花～』

『妳這樣不行啦，小花……』

夜長姬也不悅地說：

『……她自己都說這事跟你無關了，你就別管她了……乾脆跟她絕交，永遠都別再跟她說話。』

妻科同學的個性確實比較複雜又難搞，我應該問得更委婉的。唔……該怎麼辦呢……

如果妻科同學為了帥哥學長的事這麼煩惱，嘆氣得都快要生病了，我真想幫幫她。後來妻科同學的嘴巴一直像貝殼一樣緊閉，我只能尷尬地繼續抄筆記。

傍晚時分。

到門口送我的妻科同學一臉消沉地說：

「那個……你是在關心我，我卻對你那麼凶，對不起……不過我真的沒事。」

「不用放在心上啦。」

我本來想說「如果有煩惱可以跟我談一談」，但我若是這麼說，妻科同學一定又會築起心牆。

「謝謝妳借我筆記，這樣應該不會考不及格了。還有，餅乾非常好吃，多謝招待。」

說完之後，我就走出門外。

妻科同學不好意思地說：

「嗯……你的布丁也很好吃。學校見。」

扭扭捏捏一陣子之後，她又說：

「……能讓你見到皮皮的妹妹們……我很開心。」

「我也很開心。」

「不過你聽到的全都是幻聽喔！」

她嘛著嘴如此聲稱後關上大門。

『……這女人真沒禮貌。結……快點回家灑鹽驅邪吧。』

恢復精神的夜長姬在口袋裡說道。

◇　◇　◇

雖然妻科同學叫我不要多管閒事，但我還是很擔心……

皮皮的妹妹們也都那麼擔心呢。

星期一。

我問班上的男生知不知道很有女人緣的足球社帥哥學長，他們都立刻回答：

「說到足球社的帥哥，當然是赤星學長啦。」

他們說，二年級的赤星昴學長是足球社的王牌選手，爽朗又帥氣，每次比賽都會有很多女生去幫他加油。

這個人連名字聽起來都是閃閃發亮，簡直就像與生俱來的明星。

事實上真的有人說：

「那簡直是後援會啊。你去比賽會場看看就知道。」

其他同學也說：

「還有，聽說赤星學長追過一拳把武川揍飛的妻科同學喔。」

我聽了非常驚訝。

「咦！你怎麼知道？」

「所有人都知道吧。追人的是名人，被追的也是名人，消息一下子就傳開了。不過那已經是前陣子的事了，你怎麼到現在才問？」

「榎木，你不知道這件事嗎？」

「呃，我有聽說過啦，詳細情況就不清楚了……」

悠人學長也苦笑著說過「你對書本的事都很敏銳，對世間的事卻毫不關心呢」。

妻科同學用右直拳揍了性騷擾女學生的武川老師之後紅遍了整所學校，還有人說她太強悍，不想交這種女友之類的話，讓她非常傷心。

如今有個廣受女生崇拜的學長在追求她，對她來說等於是大翻盤，不過這件事鬧得沸沸揚揚，或許也增加了她的壓力吧。

她之所以拒絕學長，可能就是不希望繼續受人注目，被人說三道四。

不過妻科同學只說她拒絕了那位學長……

「妻科同學不是拒絕他了嗎？」

「啊？是嗎？」

「我沒聽說耶。」

同學們都一臉詫異。

「他們不是在一起了嗎？」

「聽說赤星學長經常跑到妻科同學的教室呢。」

「是啊，我也聽說過妻科同學放學後經過操場，赤星學長向她揮手打招呼，惹得圍觀的女生都在尖叫……」

呃……以妻科同學的個性來看，她一定不喜歡這麼惹人注目吧……但我也不是很了解妻科同學啦……

——小花很害羞。

皮皮和妹妹們都這樣說過。

午休時間，我去了二年級的教室。

我跟夜長姬說要去廁所，把她留在桌子裡。

『……只、只要是跟結在一起，不管是去廁所還是哪裡……我、我都不介意……排泄中的結我也喜歡……』

雖然她還是很嘴硬。

但夜長姬害羞的程度可不會輸給妻科同學。

我若不快點回來，夜長姬一定會擔心我是不是拉肚子拉到走不出廁所吧。

聽說赤星學長是三班的，我若無其事地走在走廊上，一邊朝教室裡面望去。是哪一個呢？

我只知道他是個爽朗的帥哥，或許應該先搞清楚他的長相再來的。

這時另一邊的門傳來聲音。

「什麼！赤星，你又要去找那個高一女生？這是今天的第二趟吧？你已經被拒絕一次了，還是學不乖耶。你不怕那個女生嗎？她的確長得很漂亮，但她可是揍飛了武川，還讓他被開除的女中豪傑喔。」

接著那人又告誡赤星「你再繼續糾纏她，搞不好也會被她揍飛喔」。

「啊哈哈，能挨早苗的拳頭也是一種福氣啊。」

體格如運動員一樣結實的學長笑著說道，走出了教室。

柔順的瀏海帥氣地垂在額前。

潔白牙齒清爽宜人，眼睛炯炯有神。

簡直就是帥哥特攝戰隊系列的典型男主角啊。這人想必就是赤星學長。他長得就是一副名叫赤星昴的模樣。

「原來阿昴是被虐狂啊，你的粉絲知道的話一定會哭的。」

「現在我的眼中只有早苗一個人，其他女生對我感到幻滅也無所謂。」

他在走廊上說得那麼大聲，我就算不特別注意都能聽見。

一旁路過的女生還嚷嚷著：

「赤星不在乎喜歡的女孩以外的人怎麼想呢，看來他不只長得帥，連個性也很帥。」

「我也希望有人這麼喜歡我。太帥了～」

赤星學長輕輕撥起頭髮，粲然一笑。

「再說，如果早苗真的討厭我，早就把我痛揍一頓了。既然她沒揍我，這就表示她嘴上雖不承認，心裡對我還是有些意思吧。」

他說得一副輕鬆自得的樣子。

「跟早苗這麼特別的女生交往一定會很刺激，很有趣。不過也得看男方挺不挺得住。」

「你是說你挺得住嗎？她是很漂亮沒錯啦。」

「是吧？只有挺得住她那種魄力的男人才有權利看見她柔順可愛的一面。這不是很棒嗎？」

赤星學長自信滿滿地說完，從我身後經過。

他班上的同學用敬佩的語氣說：

「那傢伙果然不是普通人。畢竟他是赤星嘛。」

路過的女生們也痴迷地說：

「哇，真羨慕被赤星同學喜歡的女生。」

但我卻覺得不太舒服。

赤星學長真的喜歡妻科同學嗎？

他是不是認為和大家都不敢招惹的漂亮高一學妹交往能提升自己的價值，周遭人們都會用崇拜的眼神看他，讓他覺得很爽快，才想和妻科同學交往？

我會這樣想，是不是因為我對體育社團的帥哥有偏見呢？

不對，悠人學長也很帥，也是大家眼中的王子，但我總覺得赤星學長和悠人學長不太一樣。

悠人學長的帥氣只會讓我感嘆又佩服，赤星學長卻令我反感，或者該說很不舒服。

唔……嗚……這種不舒服到底是怎麼回事？

如果再不回教室，夜長姬一定會在桌子裡抱怨。

先冷靜下來，整理一下資訊吧。

我難以釋懷地回到自己的教室。

此時桌子裡正發出快要哭的聲音：

『……嗚……結還不回來……如果我數到十他還不回來，我就要詛咒他……』

哎呀，對不起，對不起，妳一定很寂寞吧。

「我回來了，夜長姬。」

我小聲說道，把淡藍色的薄書放進胸前的口袋。

我隔著布料感受到書本平坦的觸感。夜長姬也感受到了我的體溫和心跳聲嗎？

像是很安心似的，夜長姬稚氣的聲音喃喃道：

『……結……不可以再離開我喔。』

我從口袋外面輕輕撫摸夜長姬，表示「我不會的」，接著將手指伸進口袋，輕輕搔著書角。

夜長姬像是害羞，又像是很舒服地說著：

『結……不要停。』

如果是平時的話，她一定會抱怨「會傷到紙張的，不要一直摸啦，你摸過的地方都變皺了」。

我可愛的女友。

雖然胸前懷抱著這麼可愛的女友，一想到赤星學長說的話，我還是很不舒服。

——榎木，你陪小花談談她的煩惱嘛。

——小花真的很困擾呢。

小海和小南的聲音聽起來就像是皮皮在向我求助。

——榎木，你幫幫小花吧。

我還是放不下啦！

我站了起來。

『……結？』

夜長姬疑惑地叫道。

『你要去哪裡……結？又要去廁所嗎？你肚子痛嗎？我、我……只要能跟結在一起，我什麼都可以接受……可是……可是……可是可是可是……』

夜長姬有些慌亂地說著。

『至少……不要去男廁……你去女廁吧……』

如果我夠冷靜的話，應該會跟她說「我去女廁會被當成色狼」，但我現在滿腦子都是赤星學長的爽朗笑容和皮皮及妹妹們說的話，雙腳還是自顧自地往前走。

我是書本的朋友。

只要書本有煩惱，我隨時隨地都願意幫助他們。

書本所愛的人，愛著書本的人，我也一樣關心。

皮皮是那樣深愛著妻科同學，所以我不能不管她的事。

而且妹妹們還說妻科同學提過我的名字。

——小花也很想找你商量喔。上次她還說了「怎麼辦，榎木……」。

——還有啊～她每次看到我的最後一頁，都會露出很悲傷的表情，寂寞地叫著

「榎木」喔……

我不知道妻科同學為什麼會說出我的名字。

妻科同學警告過我不要多管閒事。

可是，如果她真的像妹妹們說的一樣需要我的幫助……

『結……廁所在那邊。』

我經過一間間一年級教室，來到了妻科同學的班級。夜長姬看出我要去哪裡了，就用威脅的語氣說『……結。不可原諒……快回去……』，但是我做不到，對不起。

教室裡傳出赤星學長的聲音。

「怎樣？可以吧，早苗？大家都要帶女友去，只有我是一個人，這樣太孤單了。妳就陪我去一次嘛，絕對不會吃虧的。」

赤星學長蹲在妻科同學的桌前，把雙臂和下巴靠在桌上，懇求似地仰望著她。

妻科同學表情僵硬地拒絕。

「對不起，我跟人有約了……」

但他卻不肯放棄。

「喔？妳約了誰啊？」

「這個……」

妻科同學說不出話，圍在一旁的朋友就說：

「小花，妳那天不是有空嗎？妳還問我要不要去逛街購物呢。」

「是啊，乾脆叫赤星學長一起去嘛。」

「妳們……」

妻科同學正想制止朋友們，赤星學長卻搶著回答：

「ＯＫ！去哪裡都行。妳們想去哪裡？」

「可是我……」

「要不要去拳擊場運動一下？真想試試看妳的拳頭呢。」

「哎呀，學長，小花認真起來可是很厲害的喔。」

「學長搞不好也會被揍飛呢。」

「那就這樣吧，如果我承受得住早苗的拳頭，早苗就跟我交往吧？」

「……不行啦。」

「我經常在鍛鍊，一定沒問題。」

赤星學長開玩笑似地說道，教室裡的男生紛紛起鬨：

「真有趣！妻科同學，妳試試看嘛。」

「我也想看！」

妻科同學表情嚴肅，但眉梢有些下垂。這讓我想起皮皮說過妻科同學小時候是個膽小懦弱的女孩。

「好，早苗，妳試試看能不能把我揍飛吧。不用客氣，來吧！」

赤星學長露出帥氣男主角的笑容，展開雙手。

我忍不住叫道：

「妻科同學才不會做這種事！」

妻科同學驚訝地轉頭望向我。

赤星學長和這一班的學生也都看著我。赤星學長還愕然地張著嘴。

『結……真是大笨蛋。』

夜長姬用細若蚊鳴的聲音說道。

我大步走進妻科同學的教室。

「……那是誰？」

「……呃。」

「……不知道。」

一旁傳來竊竊私語。

像我這種樸素眼鏡男本來就沒多少人認識。妻科同學的朋友對我還殘留著一些印象，她睜大眼睛叫道：

「啊，眼鏡男。」

呃，我的名字又不是眼鏡男。

我走到妻科同學的桌子旁。

赤星學長站直身子，他那張自信十足的特攝英雄臉孔從上方俯看著我。

我努力抬起頭，從鏡片底下緊盯著赤星學長，再次高聲說道：

「妻科同學才不會隨便打人，更不可能只為了好玩而跟人動手！」

妻科同學的朋友一臉驚訝地望向妻科同學，表情漸漸變成愧疚。

垂著眉梢的妻科同學也注視著我。

是啊，如果我被人欺負，妻科同學一定會幫我討回公道，但她不可能為了好玩而隨便打人。

「學長一直糾纏妻科同學，妻科同學卻沒有打你，不是因為她對你有好感，而是因為她有常識、懂分寸，沒有天大的理由她是不會隨便揍人的！還有，和妻科同學有約的人是我！」

妻科同學倒吸一口氣。

胸前口袋裡的夜長姬也發出一些不成句的聲音，像是「呃啊、唔姆」之類的。

赤星學長睜大眼睛，顫聲問道：

「眼、眼鏡男，你跟早苗到底是什麼關係？」

就說了我的名字不是眼鏡男嘛。

我正想回答「我們是朋友」，妻科同學的朋友卻大聲說道：

「難道小花在意的男生就是眼鏡男嗎？小花，妳老是敷衍我，不正面回答，我還以為妳是隨便說說的呢。對了，小花，妳以前也關心過眼鏡男吧？咦咦咦咦咦咦！難道你們在交往嗎？」

妻科同學的其他朋友和班上同學也都吃驚地叫道：

「哇塞！是這樣嗎！小花和眼鏡男！」

「咦？妻科同學有男友了？」

「對了，妻科同學揍飛武川老師那次，幫她作證的人聽說就是高一的樸素眼鏡男。」

就說了我的名字不是……呃，現在該反駁的不是這件事。

妻科同學的臉紅到不能再紅，一句話都說不出來，我胸前口袋裡的夜長姬也開啟暗黑模式，不斷念著「詛咒你詛咒你詛咒你詛咒你……」，赤星學長愕然地後仰，一副隨時要昏倒的樣子。

「什、什麼……交往？早苗和眼鏡男……在交往？你們是男女朋友？」

我正想解釋「不是，我們是朋友」……

『是啊！小花和榎木正在交往！』

咦？咦？這個聲音……是皮皮？

不對，不可能是皮皮。

這麼說來……

『小花和榎木感情好得很，週六還在家裡約會呢！』

那活潑的女孩聲音是從妻科同學掛在桌邊的書包裡傳出來的。難道是小海和小南？

妻科同學以前感到不安時都會隨身帶著皮皮，或許她現在改成了隨身攜帶妹妹們吧。

『他們才沒有在交往！結的女友只有我一個！我可是每天和結住在一起，每晚睡同一張床，連洗澡也一起洗的獨一無二的正室！我才不接受什麼情婦！我要詛咒她！』

夜長姬平時那種淡淡的說話方式蕩然無存，此時她疾言厲色地尖聲吼叫，像是快要發狂了。

「你不說話是表示你們沒有在交往嗎？」

赤星學長顫抖著問出這句話，妹妹們同時天真地叫道：

『小花和榎木準備要結婚了。』

『耶～結婚～結婚～』

「才不是！」

我這句話是在反駁妹妹們。

不過旁人都以為我是在反駁赤星學長，妻科同學把雙手貼在臉頰，赤星學長更加驚愕，妻科同學的朋友叫嚷著：

「你們果然在交往！」

「小花，妳竟然瞞著我們，太見外了啦！不過眼鏡男確實很了解妳呢。嗯嗯，太好了，小花。」

她還拍了拍妻科同學的肩膀。哎呀，真是的！

平息這場騷動的是第五堂課的老師。

「喂，上課鐘已經響過了喔。赤星，你是高二的吧，跑來高一的教室幹麼？快回去你自己的教室。」

赤星學長被罵了之後還是一臉茫然。

「怎麼會……早苗竟然和眼鏡男交往了……早苗的男友竟然是眼鏡男……眼鏡男……」

比起「妻科同學有男友」，「妻科同學的男友是樸素眼鏡男」似乎更令赤星學長大受打擊，他口中念念有詞地離開了。

我向滿臉通紅呆立原地的妻科同學說：

「對不起，晚點再談吧。」

然後我就跑回自己的教室了。

這段期間夜長姬一直在我的口袋裡陰森地叨念著：

『狂舞之刑……我要讓整間學校變成狂舞的刑場……都是因為結背叛了我……』

哎呀，夜長姬一定不會再輕易讓我翻她了。

◇　◇　◇

上課時，妻科同學傳了 Line 給我。

內容只有短短一句「放學後生物教室」，看不出她心情如何。被大家誤會她在和我交往，她會生氣嗎……我必須向她道歉……還得跟其他人解釋清楚。我苦惱地如此想著。

等到放學後，我為了不讓事情變得更複雜，就把夜長姬留下來，獨自去了生物教室。妻科同學先到了，她正在裡面等我。

我還以為她又會嘟著嘴向我抱怨，但她的表情卻是平靜帶點緊張，吞吞吐吐地說：

「我以前……在這裡讀過皮皮……」

喔喔，是啊……

那時妻科同學從文件袋裡拿出令她懷念不已的愛書，淚流不止、全神貫注地翻著書頁。

——我最喜歡妳了，小花。

「那時你也管了很多閒事，還坐在走廊上哭得一把眼淚一把鼻涕。」

「妳自己還不是哭得一塌糊塗。」

聽到我這麼說，妻科同學稍微噘起嘴，但很快就把嘴抿起，露出悲傷的表情。

「你老是這樣多管閒事地幫助我，今天也是多虧有你挺身教訓赤星學長，謝謝你。聽到你說我不會隨便揍人，我很開心……」

「呃，那個……」

我沒想到妻科同學會向我道謝，頓時害羞得臉頰發熱。還好沒把夜長姬帶來，如果她看到這一幕，一定又會指責我劈腿的。

「我才該向妳道歉。我會去跟大家解釋清楚，說我們交往的事只是一場誤會。」

「……」

妻科同學垂低目光，沉默了半晌。

怎麼了呢？

「妻科同學？」

聽到我的呼喚，她低垂的臉頰更紅了。

「不解釋……也沒關係。」

「咦？」

「我真的很怕赤星學長繼續糾纏下去……讓他繼續誤會你是我的男友，日子應該會比較好過吧……」

「呃……可是……」

「反正我們又不是真的在交往……繼續讓人誤會下去也無所謂……」

妻科同學的聲音越來越不高興。

的確，如果現在解開誤會，赤星學長可能又會故態復萌，繼續向妻科同學發動攻勢。

一想到這裡，我又覺得不舒服了。

「我知道了。要是別人再說什麼，我就當作沒聽見吧。」

我笑著這樣回答，妻科同學轉走的目光又移回我的身上，悲傷而寂寞地看著我。

這表情是怎麼回事？

她在想什麼？

妻科同學語氣沉穩，對疑惑的我說：

「你知道皮皮的故事結局是怎麼寫的嗎？我說的不是第一集，而是系列的最後一本《長襪皮皮到南島》。」

「不知道。」

「皮皮和朋友們從南方小島回家以後，皮皮還是像過去一樣，和湯米與安妮卡在亂糟糟別墅裡開心地生活……安妮卡他們回到自己家，從臥室窗戶望向隔壁的亂糟糟別墅，看見了皮皮的身影……」

妻科同學描述著皮皮把下巴靠在手臂上、坐在桌邊的模樣。

她發著呆，眼神空洞地注視著那根小蠟燭燃燒的火苗。

「看到皮皮這個樣子……安妮卡聲音顫抖地對湯米說，皮皮看起來好孤單……如果現在已經是明天，我們就能馬上去找她了……」

湯米與安妮卡從窗戶遙望著皮皮，心裡這麼想著。

他們今後想必也會一直愉快地玩在一起。

到了明天，他們三人要堆一間雪屋，還要從亂糟糟別墅的屋頂往下堆一座滑雪坡。

皮皮會永遠待在亂糟糟別墅，快樂的日子會永遠持續下去。

『如果她往這裡看的話，我們就可以跟她揮手了。』

湯米這麼說道。

「可是皮皮只是作夢似地一直盯著前方，然後把蠟燭吹熄了。皮皮的故事到這裡就結束了。」

妻科同學的語氣也非常寂寞。

簡直就像從窗戶望著皮皮家的湯米和安妮卡。

看到皮皮吹熄眼前燭火時，他們有什麼感覺呢？

我又想起上次去妻科同學家時小南講的話……

——還有啊～她每次看到我的最後一頁，都會露出很悲傷的表情，寂寞地叫著「榎木」喔……

「那種寫法彷彿暗示著快樂的生活已經結束了。皮皮會永遠待在亂糟糟別墅只是安妮卡他們無法實現的幻想，皮皮說不定哪天就會像吹熄燭火那樣簡單地突然消失……」

妻科同學注視著我，眼神充滿了悲傷和寂寞。

「在我看來，你也是一樣。」

「呃……我聽不太懂耶。」

為什麼她會把皮皮吹熄蠟燭的寂寥結局和我聯想在一起呢？

「聽不懂就算了，那只是我個人的感覺。我感覺你可能有一天會像燭火熄滅一樣、突然消失在我的眼前。」

我還是聽不懂。

我會突然消失在妻科同學的面前？

我像是會失蹤的人嗎？

還是說，因為我聲稱自己能聽見書本的聲音，所以她很擔心我哪天會跑進書本的世界？

妻科同學似乎對自己說的話感到害羞，發出類似夜長姬那種「唔唔……」的沉吟，悲傷的表情突然變得英姿煥發。

「就是因為這樣，所以在你吹熄燭火之前，我會努力的，你好好地看著吧。」

她說出像是宣戰般的發言，轉身就走。

「呃……咦？努力什麼？妻科同學，妻科同學？能不能請妳解釋清楚一點！」

可是妻科同學轉過頭來，笑容燦爛地說：

「我才不告訴你咧～你自己去想吧～」

然後她就離開生物教室了。

我一頭霧水地喃喃自語：

「皮皮，小花果然很複雜難搞呢。」

——加油，結。小花就拜託你了。

皮皮似乎在窗外的晴空之上這樣對我說。

# 夜長姬的小祕密
# ～和小海小南的談話

(.⋈˙ᴗ˙.⋈)　太好了～小花～榎木挺身保護妳的時候真是太帥了～

(ノ*>∀<)ノ♡　嗯嗯，榎木是在緊要關頭時會變得很可靠的帥哥！真不愧是小花的男友！

(Ⅱ_Ⅱ)~呪~　才不是……男友。結的正室……只有我一個。

(◦˙▽˙◦)ʕ　但是小花可以和榎木手牽手去約會喔。

(;°Д°;)　呃！

(☆´∀`人´∀`☆)　也可以親親，還可以登記結婚喔～

(*/□＼*) ¹ºº°　嗚嗚……結，在你離開情婦之前，我都不會再讓你翻了。

# 《咆哮山莊》的繼承者

我一開門，就看到妖精用纖細的手抱著厚重的舊書，坐在白色古董椅子上哭泣。

咦？難道我掉進異世界了嗎？

我記得自己剛剛是走進學校裡的管弦樂社音樂廳啊。

擔任管弦樂團指揮的悠人學長是理事長的兒子，他經常利用我的「專長」，叫我去處理一些很麻煩的事。而且這位校園王子每次都會優雅地端著看起來很昂貴的薄茶杯喝紅茶，一邊輕鬆地說：

「這種工作不是很適合你嗎？」

我又不是在經營萬事屋。

算了，反正我也為了書本的事向悠人學長求助過，就當作是禮尚往來吧。雖然我覺得自己通常是被使喚的……

這天我也是被悠人學長用 Line 叫過來的。

他叫我放學後來音樂廳最頂樓的畫室找他。

悠人學長通常把我叫到被他當成私人空間使用的貴賓室，為什麼今天要我來畫室？

頂樓有間畫室的事，我已經從悠人學長的口中和其他學生的傳聞聽說過了。這個房間是為了滿足悠人學長的母親姬倉理事長繪畫興趣的，一般人禁止進入。

「我跟櫃檯交代過了，你直接搭電梯到頂樓，在畫室裡等著。」

悠人學長在 Line 裡面這麼寫。

聖条學園的音樂廳竟然連櫃檯都有。不只是經營這個學校的姬倉集團有錢到匪夷所思的地步，管弦樂社培養出不少知名音樂家，還有很多畢業校友成了各行各業的成功人士，聽說音樂廳就是靠這些人的捐款建成的，真是令人吃驚。其中捐款最多的毫無疑問是姬倉家，而姬倉家的傳統就是歷任領導者都要擔任管弦樂社的指揮。

悠人學長的母親雖是女性，聽說也在管弦樂社裡拿過指揮棒，而悠人學長如今也繼承了這個職位。

這件事代表著什麼意義，生於平凡家庭、父母都是上班族的我實在不了解。

總之我放學後去了音樂廳，向櫃檯人員說是悠人學長叫我來的，對方就告訴我：

「是，我們收到指示了。請搭電梯到頂樓，出門直走就是畫室。」

我第一次到頂樓，到處都靜悄悄的，我一邊擔心「真的沒問題嗎？」、「會不會有警衛衝過來？」，一邊敲了畫室的門。

「打擾了。」

我小聲說著，轉動了門把。

清澈的陽光從門縫鑽出，我看見了房間裡的模樣。

牆上掛著裱框的繪畫和大量素描，還有蓋著布的畫架。

書櫃前有一張白色的古董椅子。

一位肌膚雪白、身材苗條、看起來弱質纖纖的女孩坐在那邊，懷裡抱著一本厚重又老舊的深藍色精裝書，低著頭。低垂的眼中不斷落下淚珠。

妖精？

我把門大大敞開，妖精抬起淚溼的眼睛看著我。那雙眼睛的顏色又淺又夢幻。

她睜大眼睛，害怕地輕輕吸了一口氣。

「你、你是誰？」

像貝殼一樣的小嘴發出細微的聲音。

我回過神來，急忙回答：

「呃，我不是壞人喔，是悠人學長叫我來畫室的。」

妖精又小聲地說：

「是大哥啊……」

大哥？

這麼說來，她是悠人學長的妹妹囉？

對了，我曾經聽說悠人學長有個在讀國中的妹妹，和他是不同父親生的，在白羽女學院上學。那是一間知名的千金小姐學校。

她穿著連身裙式的制服，上面別著羽毛圖案的校徽。嗯，應該沒錯。

「呃……妳是悠人學長的妹妹嗎？」

我這麼一問，盯著我看的女孩就回答：

「是、是的，我就是。」

然後她有點膽怯地問道：

「難道……你是結？」

她說出了我的名字。

聽到這個美得像妖精的女孩叫著我的名字，我不禁心跳加速。還好夜長姬現在不在。

前陣子我被誤認為妻科同學的男友，還順勢繼續假裝兩人在交往，夜長姬至今仍不肯原諒我，連摸都不讓我摸了。

今天早上我跟她說：

——夜長姬，我要上學了。

她也只是冷冷地回了一聲：

——哼！

如果夜長姬現在在這裡，一定會在我的口袋裡怨恨地喃喃說著『結，你又劈腿了……你到底要找多少個情婦……我要詛咒你』。

我不由得有些心慌，眼睛眨個不停，聲音拔尖地問道：

「咦？妳怎麼知道我的名字？」

女孩似乎放下戒心了，她的表情變得柔和，但又有些靦腆，優雅地向我問候：

「大哥……跟我說過你的事，所以我猜可能是你……初次見面，我是姬倉螢。」

她叫小螢啊……連名字都很可愛。

不知道悠人學長是怎麼跟她說的？

說我身材矮小、戴眼鏡、毛毛躁躁，就像一隻倉鼠？

所以她才會一眼就認出我？

不，別想得太負面。

那雙注視著我的淺色眼睛看起來充滿了善意，悠人學長一定跟她說我是個可靠的人。

「我叫榎木結，受過悠人學長很多關照。」

「是嗎？大哥說你經常幫他的忙呢。」

聽到這句話，我對悠人學長的好感瞬間暴漲。

我們就這樣頻頻互相鞠躬致意……咦？對了，她剛才是不是在哭啊？

此時她的懷中仍然緊緊抱著那本深藍色的厚書。

她吹彈可破的臉上還殘留著淚痕，睫毛前端依然沾著寶石般的淚珠。

怎麼辦？

我該問嗎？

「那個……妳為什麼在哭呢？發生了什麼事嗎？」

小螢的肩膀柔弱地顫動，原本沾在睫毛上的淚珠便滑落了臉頰。

「這是因為……」

她趕緊擦擦眼淚，轉開視線，用細微的聲音僵硬地回答：

「我在看這本書的時候……有很多感觸……」

在我聽來，這只是個藉口。

因為小螢並沒有翻開書，而且她的神情扭扭捏捏、一副擔心的樣子拜託我：

「……請不要告訴我大哥……這樣太不好意思了……」

小螢用白皙的手指緊抓著書本，低下頭去，這時悠人學長來了。

「螢，妳來了啊。」

「呃……嗯。」

「正好，我幫妳介紹吧。這是高一的榎木結，我跟妳提過很多次了。結，這是我妹妹，螢，比你小一歲，白羽女學院中學三年級。」

「大哥還沒來的時候，我已經打過招呼了……結和大哥說得一模一樣。」

小螢刻意擠出開朗的笑容。

「那我……先回去了。我只是順路過來看看。」

她把懷裡的厚書放回擺滿畫冊和西洋書籍的書櫃。

「結，能見到你真是太好了。我先告辭了。」

小螢又謙和地鞠躬，帶著些微捲度的長髮輕柔搖曳，靜靜地走了出去。

悠人學長目送著她離開之後，用觀察的態度問道：

「結，你覺得螢怎麼樣？」

他的表情很認真。難道悠人學長在威脅我？叫我別打他可愛妹妹的主意？悠人學長是妹控嗎？

「呃，她不愧是悠人學長的妹妹，是個難得一見的美少女，又很有氣質。不過我已經有夜長姬了……」

他不遺餘力地誇了妹妹一番之後，露出嚴肅的眼神問道：

「我不是那個意思。唔……螢的確漂亮乖巧又體貼，挑不出半點毛病。」

「在你看來，螢是不是有哪裡不對勁？」

我想起小螢抱著書本哭泣的畫面，心中一驚。

雖然她拜託我不要告訴悠人學長……

「其實我剛到的時候，看見她抱著書本坐在那邊的椅子上哭泣。我問她怎麼了，她說只是看書看得太感動了……」

悠人學長皺起眉頭，嘆了一口氣。

「這樣啊……」

他垂下眼簾，抿緊嘴巴，片刻以後又嚴肅地盯著我，語氣凝重地問道：

「當時你有『聽見』什麼嗎？」

我從懂事以來就能聽見書本的聲音，還能和他們對話。

悠人學長也知道我的這個「專長」。

聽到悠人學長接下來說的話，我才知道他今天為什麼會把我叫來畫室。

「螢可能中了書的毒。」

◇　◇　◇

因書本而罹患的病。

受到書的迷惑、束縛，被書中人物同化，做出和書中人物相同的行為——我們把陷入這種狀態的人稱為「中毒者」。

症狀的嚴重程度因人而異，中毒者一般都會自然地慢慢脫離這種狀態。

陷入書中世界太深的中毒者還會反過來影響書本，做出毀滅性的行為或是詭異舉止。

我和悠人學長都見過這麼嚴重的中毒者。

我和夜長姬會締結這麼緊密的關係，是因為一樁常人無法理解、令人毛骨悚然的事件。

那位僅僅十四歲的女孩讓屋內染滿鮮血，令她中毒的書本也受到了她的影響。

像她那麼嚴重的中毒者並不多，不過若迫在第一學期中了圖書室書本的毒、做出奇怪舉動的事還令我記憶猶新。

若迫現在已經恢復正常，他在中毒的時候曾經剝下管弦樂社學長的衣服，大呼小叫地在走廊上奔跑，還爬上了天臺的水塔，真的很嚇人。

當時我和悠人學長都看得提心吊膽，生怕他會放開梯子一頭栽下來。

「螢最近的樣子怪怪的，經常無精打采、表情黯淡。這間畫室是我母親用過的，螢也喜歡畫畫，從小就經常跑來這裡。大概是從國二的秋天開始的……她越來越常和同學出去玩，越來越少來畫室。可是她上個月又開始跑來畫室……」

悠人學長本來以為她是來畫畫的，可是他老是看到小螢在畫室裡一臉陰沉地思考。

他也看過小螢在畫室裡默默地哭泣，就像我剛才看到的一樣。

悠人學長問她原因，她只是敷衍地回答「看書看得太感動了」。

「我之前在螢房間的垃圾桶裡發現丟掉的素描簿，封面上用素描鉛筆打了個大大的叉。還有從素描簿撕下來的紙被撕碎丟掉。」

悠人學長說，小螢的個性文靜又溫柔，她一向很珍惜素描簿和畫具。

「我覺得奇怪，就把撕碎的畫紙拼起來，發現上面畫的是我母親和再婚對象勾著手站在一起……」

悠人學長露出苦澀的表情。

他的母親是管弦樂社的前任指揮、姬倉集團的現任會長，也是我們學校的理事長。

我有幾次看過她在臺上講話，她身材高䠷又凹凸有致，是一位不太像日本人的豔麗美女。聽說她高三時懷了悠人學長，隔年生下孩子。悠人學長的父親當時是另一所學校的高二學生，他和悠人學長的母親並沒有結婚。

——我父親到現在都是遊手好閒，他和姬倉家的家風太不搭了。

悠人學長對自己的父親評價頗低。

小螢的父親年紀比她母親大很多，而且是她母親的工作夥伴，能力非常好。她父親去年夏天過世，而她母親前陣子再婚了，這次的對象是輔佐她母親多年的祕書。

「你和若迫被人誤會偷書的那次，去小關書店接你們的那位就是我母親的再婚對象，高見澤先生。」

聽到悠人學長神情輕鬆地這麼說，讓我嚇了一大跳，心想「那位像英國紳士一樣很適合穿西裝的人就是學長的新爸爸？」。

更令我吃驚的是，悠人學長繼續一派輕鬆地說出他母親又懷孕了，他不久之後就會多個弟弟或妹妹。

雖然悠人學長講起這些事的時候面帶微笑，我卻深受衝擊，頭昏眼花，心想「像姬倉家這種富豪家族都是這樣嗎？」。

那麼小螢撕掉了母親和高見澤先生的畫像，是表示她無法像悠人學長這麼淡然地接受母親再婚的事嗎？

「螢的父親保先生過世時，她也非常沮喪，畫了很多保先生的畫像……還哭著說自己老是畫不好。後來她漸漸開朗起來，又交到了朋友，我才比較放心。」

悠人學長的表情越來越難受。

提到遊手好閒的父親和再婚的母親時，他都很泰然自若，講到妹妹小螢時卻不是這樣。

他似乎很擔心。

我試著整理悠人學長說的話。

「也就是說，學長懷疑小螢可能是因為母親再婚和懷孕而中了書本的毒？」

「嗯嗯……上次我看到她在畫室裡抱著書說話，房間裡只有她一個人，她卻好像在跟人說話，我嚇得背脊都涼了。之前我看到她在哭的那次，她也抱著同一本書。我懷疑她中了書的毒，所以才把你找來。」

「就是這本書嗎？我借看一下喔。」

我從書櫃裡拿出了小螢剛剛放回去的書。

那是一本裝訂精美的老舊精裝書，我用兩隻手拿都覺得沉重。深藍色的封面上畫著暴風吹過寂寥的荒野和枯樹的景象。書名是用英文寫的。

《Wuthering Heights》

「呃，瓦……瓦烏斯林格……嘿茲？」

聽到我的破爛發音，悠人學長就用流暢的英文說：

「瓦勒林，海茲——《咆哮山莊》。這是英國女作家艾蜜莉・勃朗特在短短的生涯中創作的長篇小說，被譽為英語文學中的三大悲劇，還被列為世界十大小說之一。」

「喔喔，我聽過書名，這是作者艾蜜莉以自己小時候生長的荒野做為背景所創作的歌德式小說。講的是千金小姐和孤兒少年的愛情故事，但小姐決定跟別人結婚之後，少年就失蹤了，但他多年之後變成有錢人，又跑回來報仇。」

我記得那位小姐的名字是凱薩琳，少年的名字是希斯克里夫。

希斯克里夫侵占了凱薩琳的娘家，還在凱薩琳死後讓自己的兒子娶了凱薩琳的女兒，把她的資產據為己有。

「我母親讀過這本書很多次。保先生過世後，螢還去買了文庫版來讀。我想，我母親的《咆哮山莊》或許知道螢發生了什麼事。結，你能不能幫我問問看？」

悠人學長的表情很認真。

我也很好奇那位妖精般的女孩為什麼會哭得那麼傷心，就回答他：

「好的。」

我面向捧在手上的厚重書本，露出笑容，親切地問候：

「我是榎木結，我能聽到你們的聲音。你能不能告訴我螢和你在這裡說了什麼話？我們很擔心螢，想要幫助她。」

書本大多喜歡說話，而且很愛自己的讀者，所以我向書本說話時，他們都會回答。可是，我手上這本書的深藍色封面並沒有發出任何聲音。

咦？

我覺得奇怪，又說了一次，就聽見颳風般的聲音從手中傳出。

『chainless soul.』

厚重古老的書本發出聲響，像是一陣寒風撲面而來。

那是女人的聲音嗎？

非常強勁。

聲音有些高亢。

像是意志堅定的成年女性，又像是少女。

如同颳過荒野的一陣風。

『You do see』

「呃，呃，等一下……」

「結，怎麼了？這本書果真中毒了？」

人會中書的毒，書也會中人的毒。

雙方會互相影響，使得症狀越來越嚴重。

悠人學長看到我驚慌的模樣，表情頓時緊張起來。

「這個我還不確定……只是……」

『Need is to the Catherine』

「哎呀，真是的！」

「結！」

悠人學長擔心地叫著我。

我雙手捧著書本，朝著色調暗淡的封面懇求：

「拜託你！跟我說日語啦！埃，肯納特，斯比克，英格利許！」

三十分鐘以後……

「呃，嵌鬆……嵌鬆……不對，嵌索爾？切雷？由督諾，尼吐，拉，拉一刻，凱琳？」

我努力地試圖解讀深藍色書本發出的聲音。

悠人學長坐在一旁，準備翻譯我說出來的單字，但他的眉頭皺得越來越緊。

「結……你說的話就像沒有意義的誦經呢。」

「我自己也這麼覺得啦！」

「沒想到你的英文這麼爛。」

「我只要懂日文就行了，日文書已經多到我一輩子都讀不完了！我最愛用日文寫的書了！唔……又來了……切鬆，切雷鬆？哎唷！」

這本書封面的書名寫的是英文，內容也全是英文，所以他說的不是日語，而是英語。

就算是外文書，我在日本用日語和他們交談，他們也會用日語回應，和只會說零碎日語的外文書聊天也挺有意思的。

喔，你是法國的書啊？你是俄國的？你是從臺灣來的？唔……你是從日文書翻譯成外文的啊。真是國際化呢。就像這樣，我經常在書店或圖書館的外文書區跟書本聊天。我的英語課本也會說日語。

這本書只會說英語嗎？還是他根本不想理我，只把我的破爛英文當成耳邊風？我告訴悠人學長，書本說了一些話，但我聽不懂英文，不知道他在說什麼，悠人學長不禁愕然無語。

他感慨地說：「我還以為關於書的事你都無所不能，沒想到你竟然有這種弱點。」虧我還自認是書本的朋友、書本專家，真是太丟臉了。

——我母親的外婆是愛爾蘭人，我母親雖然在日本長大，但她覺得英語是自己的根源，經常看英文書，在家裡也會和家人講英語。保先生的眼睛是藍色的，好像也有英國血統，所以螢算是半個英國人吧。對了，螢抱著《咆哮山莊》自言自語的時候，好像也是在說英語。

悠人學長這樣說。

動不動就說英語的家庭真討厭，還好我不是出生在姬倉家。不對……如果我出生在姬倉家，或許現在也能說一口流利的英語吧。悠人學長甚至能說七國語言呢。話說回來，悠人學長應該早點告訴我小螢自言自語說的是英語嘛。

而且書櫃裡的其他書本和畫冊也都是英文書、法文書、西班牙文書，甚至有中文書，真是令人頭痛。我好不容易才找到一本用日文寫的《萬葉集》，他用親切老爺爺的聲音說：

『抱歉，我完全不懂英文，中文倒是多少會一點……螢小姐最近常來這裡，她不是像以前一樣畫畫，而是拿著《咆哮山莊》坐在那邊的椅子上，臉色凝重地說話，那本《咆哮山莊》也會跟螢小姐說話，可是螢小姐和那本書說的都不是日語，所以我不知道他們說了什麼。』

啊啊，聽到日語真是令人安心。

不過我還是沒問出小螢在這房間裡說了什麼，或是《咆哮山莊》跟小螢說了什麼。

「總之，我覺得她應該不是中毒。其他書本也沒有發生共鳴的現象……正確地說，他們說的都是外語，所以我無法確定，不過那些書本若是發生過共鳴，應該會更吵鬧，聲音還會在我的腦袋裡嗡嗡作響。」

所以我判定，小螢和那本《咆哮山莊》——她的聲音是女性，就叫她凱薩琳小姐吧——都沒有中毒。

「這樣啊……謝謝你，結。我會再去找螢談一談。母親的再婚對象高見澤先生從我們出生以前就一直在幫助她，螢也說過『如果是高見澤先生我也贊成，我很高興』。她還說『母親一直不斷地向前邁進，真厲害』。螢的心情……或許很複雜吧……感覺母親好像已經忘掉保先生了。」

悠人學長神情憂鬱，又嘆了一口氣。

「我也去看看日文版的《咆哮山莊》吧，說不定能找到線索。」

「嗯，那就麻煩你了。對了，你最好提升一下自己的英文程度。我來教你吧，從明天開始，你午休時間就到貴賓室來，我會幫你準備能在家自修的教材。」

我很想回答「心領了」，卻又說不出口。

唉唉……

◇　◇　◇

回家的路上。

我在快要閉館的鎮上圖書館搜尋《咆哮山莊》，結果找到電影版的對白全集。這是黑白電影時代的「咆哮山莊」的全部英文對白，旁邊還附上日文翻譯。光滑的封面印著一對青年男女站在岩地上、在風中一臉滿足地相互依偎的黑白照片。

這大概是某一幕電影場景吧。

希斯克里夫是由知名演員勞倫斯‧奧利弗飾演，凱薩琳則是由梅爾‧奧伯倫飾演。

對白全集還附上了無字幕的ＤＶＤ，真是太實惠了，所以我就借回去看了。

「我回來了，夜長姬。」

『……結，你又帶別的書回來……看來你還沒學乖呢……我要判你狂舞之刑……還要詛咒你從雙腳開始腐爛……直到全身都爛光，只剩眼睛還能讀我……而且眼珠還要繼續旋轉狂舞……』

薄薄的淡藍色書本放在床上的蕾絲手帕上，如同一位披著烏溜溜頭髮的稚氣小公主用冰冷的眼光看著我，不悅地抱怨。

哎呀，她還在生氣。

今天早上她的心情似乎好一點了，我本來還期待她今晚會讓我翻她呢。

夜長姬不喜歡我碰其他書本，也不允許我把其他書本帶進這個房間。

看到她暗黑模式全開，死命向我書包裡的「咆哮山莊」對白全集發出怨念，我本來還很擔心他會被嚇到，可是……

『哎呀！妳真像希斯克里夫！他非常憎恨小時候欺負過他的凱薩琳的哥哥辛德利，以及凱薩琳的丈夫埃德加，樂此不疲地欺凌他們，奪走他們的家產，直到逼死了他們都還不能放下怨恨。這個危險的男人就像肅殺荒野上的黑暗風暴，簡直就是恨意的人形化身啊！』

他反而對夜長姬感到親切。

他既奔放又豁達，就像和希斯克里夫在荒野裡天真玩耍的少女時代凱薩琳，說話自由又大膽。我就稱他為凱西小姐吧。

非常憎恨，樂此不疲地欺凌。夜長姬聽到對方毫不客氣地這樣形容自己，不悅地低聲說著：

『……這本書真討厭。真討厭。』

「對不起，夜長姬。我今天會去姊姊的房間，妳也不喜歡我在這裡看其他的書吧？」

『！』

夜長姬說不出話了。

『……唔唔唔唔……唔唔唔唔……嗚嗚……』

她沉吟許久，看似很掙扎。

『隨……隨你高興啦……噗！』

夜長姬發出比平時更軟弱無力的一聲「哼」之後，就不再說話了。

喔喔，剛才的「哼」真可愛！太棒了！

「真的很抱歉，夜長姬。為了補償妳，明天放假我帶妳出去約會。」

『才、才……才……』

她說不出「才不要咧」。

好，決定了，明天就去約會吧。

我關上房門，有些興奮地走向姊姊的房間，書包裡的凱西小姐開口說道：

『你和女友關係真好，真親熱，就像希斯克里夫和凱薩琳一樣深深地愛著彼此呢。』

她的語氣非常熱情。

『我最喜歡愛情故事了，尤其是靈魂互相吸引卻又碰撞得火花四散，徹底的、命中註定的愛情故事！我在圖書館等人來借書的時候，看到一對國中生情侶，我就會想像有另一個完全不同類型的男生把這個女生搶走，男友化身為復仇的惡鬼逼死女生的新男友。看到一對低聲拌嘴的情侶，我就會想像女生拿菜刀把男友亂刀砍死之後把男友煮來吃掉。看到一個女生借了王爾德的《莎樂美》，我就會想像她瘋狂地愛上眼神清澈的教會牧師，暗中謀劃要把牧師的腦袋割下來，親吻他的首級。一想到這些事，我就興奮得不得了呢。』

難道她也把我和夜長姬想像得這麼驚悚？

這就像整晚聽夜長姬叨念著「詛咒你，詛咒你」一樣，令人背脊發涼。

算了……要怎麼想像是她的自由，反正她也挺開心的。

不過請不要拿我們來想像！

到了姊姊的房間，書櫃裡的書本都親切地打招呼說：

『喔，是新人呢。』

『你好。』

我姊姊去北海道讀醫大了，只有過年的時候會回家，所以我如果要看夜長姬以外的書都會來這個空房間。

我還在姊姊的書櫃裡藏了私人的書。

——劈腿……？

彷彿有個稚嫩的聲音不高興地這樣喃喃說著，我趕緊在心中解釋：「沒有啦，我愛的只有夜長姬一個。」

我把附贈的DVD放進從自己房間帶來的筆記型電腦裡，播放的時候邊翻閱對白全集。

電影解說。

小說和電影的差異。

關於作者艾蜜莉・勃朗特。

除此之外還有角色介紹，寫得清晰易懂，讓我越來越期待親自去看電影，親自去看那本書。

凱西小姐配合我翻頁的速度在一旁導覽。

『我的內容是在描寫一對靈魂互相吸引的男女的終極愛情故事。原著裡希斯克里夫的偏執性格太重口味，可能會有讀者很難接受，所以大導演威廉・惠勒和天才編劇家本・赫克特把原著改編成熱情的愛情悲劇，電影最終獲得了大眾的肯定，還得到了奧斯卡獎八個獎項的提名。』

我一頁頁地翻著，就像銀幕播放黑白電影，故事隨之展開。

因為我早就知道故事大綱，所以才剛開始讀，就被希斯克里夫和凱薩琳的強烈性格和兩人之間的感情深深打動。

生病過世的凱薩琳變成亡魂，回到希斯克里夫住的房子敲門。

Heathcliff. Let me in. let me in.

希斯克里夫，讓我進去，讓我進去。

I'm lost on the moors. It's Cathy.

我在荒野裡迷路了。我是凱西啊。

聽到凱薩琳的亡魂出現了，希斯克里夫不但不害怕，還跑到窗邊朝著暴風狂作的黑夜喊叫。

Cathy. Cathy. Come in! Cathy, come back to me. Oh, Cathy, do come. Oh, do once more.

凱西，凱西，進來！凱西，回到我的身邊。啊啊，凱西，來吧，拜託妳。啊啊，來吧，就這一次。

Oh, my heart's darling. Cathy! My own, my... Cathy?

噢，我心愛的人。凱西！我的、我的……凱西？

看到希斯克里夫在暴風中衝出屋外，客人洛克伍德驚訝地問他要去哪裡，在山莊工作的僕人艾倫回答：「她在叫他，所以他去荒野找她了。」

洛克伍德覺得希斯克里夫很奇怪，以為他是個瘋子。

艾倫開始講述希斯克里夫和凱薩琳的事，場景回到四十年前——凱薩琳的父親在利物浦撿到一個男孩，把他帶回家。

寒愴的孤兒和山莊的千金小姐在命運的牽引下相遇了，兩人經常在荒涼的荒野玩耍，感情逐漸加深。

唔……看起來像是少女漫畫裡的正統愛情故事。

後來埃德加・林頓出現了，他是和希斯克里夫那種粗鄙小子截然不同的有錢公子哥、溫文儒雅的紳士，他向凱薩琳求婚的場面也是正統的少女漫畫刺激情節。

凱薩琳對艾倫說，如果自己和埃德加結婚，就會成為本州的名媛，若是嫁給希斯克里夫則會降低身分。

但凱薩琳的靈魂唯獨渴望希斯克里夫一個人。她這麼說：

I don't think I belong in heaven, Ellen.
艾倫，天堂不是我的家園。

凱薩琳說自己夢見被天使帶到天國，但她覺得那裡不是自己的家，傷心得哭了，天使們非常憤怒，把她丟到咆哮山莊的草原中。
接著她就開心地哭著醒來了。

就像我不該上天堂一樣，我也不該嫁給埃德加。

然後她熱烈地形容自己對希斯克里夫的感情。

Whatever our soul are made of, his and mine are the same.
不管我們的靈魂是什麼材料做成的，他的靈魂和我的靈魂是一模一樣的。
而埃德加的靈魂和我的靈魂就像霜與火一樣，截然不同。

My one thought in living is Heathcliff. Ellen... I am Heathcliff.

我活在世上最思念的就是希斯克里夫。艾倫……我就是希斯克里夫。

真是一段蕩氣迴腸的真情告白。

我感覺喉嚨發乾，一邊繼續翻頁。

筆記型電腦的螢幕上也在播放凱薩琳對艾倫大叫的畫面。真是精采的演技。

希斯克里夫偷聽到凱薩琳說和他結婚會降低身分，之後就失蹤了。

凱薩琳後來嫁給埃德加，生下一個女兒，那孩子長得和凱薩琳一模一樣，也取名叫凱薩琳。

電影裡刪去了女兒的章節，不過凱西小姐用熱情洋溢的語氣敘述著她的故事。

『那女孩也被稱作凱西，長得和母親凱薩琳非常相似，也和母親一樣好勝勇敢，而且她還遺傳到父親的聰明，是個很棒的孩子。』

在小說裡，希斯克里夫變成有錢人回到咆哮山莊後，引誘埃德加的妹妹伊莎貝拉嫁給他，再設計讓自己跟伊莎貝拉生的兒子娶了凱薩琳的女兒凱西，這些情節在電影裡也都省略了。

電影淋漓盡致地表現出凱薩琳因思念希斯克里夫而深受折磨，以及希斯克里夫對凱薩琳的渴求，最後病重的凱薩琳在希斯克里夫的懷中嚥下了最後一口氣。

希斯克里夫極力呼喊，要凱薩琳變成亡魂糾纏他，不要去天國，而是繼續徘徊在荒野，永遠陪伴著他。

多麼激烈的愛啊。

這時場景又回到了現代。

來訪山莊的醫生聲稱看到衝進飄雪荒野的希斯克里夫和一個女人走在一起。

他和那女人挽著手，醫生叫他他也沒反應。雪上只留下了希斯克里夫的腳印。

洛克伍德問道「希斯克里夫是不是死了」，艾倫回答：

No, not dead,

不，他沒有死。

He's with her. They've only just begun to live.

他和她在一起。他們正要開始生活。

最後一幕是希斯克里夫和凱薩琳在雪中一起走向岩地，電影就結束了。

我深深吐出一口氣，像是屏住許久的呼吸終於吐了出來。

「呼……這故事的感情真是太強烈了。遠離都市、住在荒郊野外的女性竟能寫出這麼熱情的故事，還不是出自別人的要求，而是獨自一人埋首創作。她對這個故事一定投注了很多心思。」

她無法不寫出來。

像是被什麼附身似的。

『是啊，跟艾蜜莉很好的哥哥過世後，她非常想念哥哥，打著赤腳走到墳墓。她就是這麼剛烈又不在乎旁人眼光的女性啊。』

《咆哮山莊》剛出版時受到很多批評，大家都說無法理解書中角色，說他們太異常了。

『但是艾蜜莉在重病之際聽到這些批評卻只是面帶微笑，彷彿已經知道後世會怎麼評論……我的內容是這樣寫的，但我覺得艾蜜莉根本不在乎別人怎麼說，她一定只相信自己創作的作品吧。』

凱西小姐很喜歡原著的作者艾蜜莉，又繼續講了很多關於她的事，我點頭附和「嗯嗯」，一邊想著小螢的事。

封面打叉的素描簿。

被撕碎的母親及再婚對象的畫像。

在畫室裡哭泣的小螢抱著厚重的、深藍色封面的英文版《咆哮山莊》，用英語喃喃自語……

為什麼是《咆哮山莊》呢？

悠人學長說小螢是個乖巧溫柔的女孩。

我和小螢對話時也這麼覺得。

她一點都不像熱情感性的凱薩琳，或是充滿復仇慾望的希斯克里夫。

那本書到底是什麼地方吸引了小螢呢？

此外，那本書說話就像狂風吹過荒野，它到底說了什麼？

我又播放起無字幕的ＤＶＤ。

一邊回想著在畫室聽到的凱薩琳小姐說的話，一邊豎耳傾聽電影的對白。

◇　◇　◇

隔天。

我和夜長姬睽違許久地出去約會。

前一晚我反覆看了三次ＤＶＤ，早上帶著充血發紅的眼睛和趴在姊姊桌上睡覺而搞亂的頭髮回到自己房間時，夜長姬說：

『……不要用摸過其他書本的手來摸我。』

我問道：

「所以妳不想和早上才回來的我去約會嗎？」

『唔唔……』

她可愛地沉吟良久，然後不悅地回答：

『……如果你現在進浴室……把全身上下洗乾淨……我還是可以……跟你去約會。』

啊啊，我的女友實在太可愛了。

我本來昏昏欲睡，頓時覺得精神百倍。

「嗯，我現在就去洗，妳等一下喔。」

我笑著說道，哼著歌走向浴室。

啊啊，太好了。

終於和夜長姬和好了。

沖完澡、吃過稍遲的早餐，我把夜長姬放進比平時更精心挑選的上衣口袋裡。這件衣服的口袋比較大，內裡很柔軟，夜長姬非常喜歡。這條白色圍巾也是用來搭配夜長姬漂亮的淡青色封面，我在這個季節每次要出門，夜長姬都會要求：

『結……要圍上圍巾喔。白色那條。』

這件深藍色上衣和夜長姬的顏色一樣，我問她：

「看起來像情侶裝，對吧？」

她就開心地小聲誇獎我說：

『……結染上了我的顏色呢……我的顏色……太適合了，適合到令人顫抖啊……』

女友難得的嬌羞姿態讓我忍不住笑容滿面。

我先去了飄著秋季桂花香的公園散步，一邊小聲地和夜長姬說話，一邊坐在長椅上翻著她纖細的書頁。

因為很久沒被翻，夜長姬似乎有些緊張，感覺她正屏息等待著我手指的觸碰，讓我也跟著臉頰發熱、心跳加速。

當我快要碰到那稍微泛黃的書頁時，夜長姬像是屏息太久，忍不住「呼」地輕輕吐出一口氣，然後聲音害羞得都有些顫抖，可愛到讓我的心臟都快跳出來了。

我翻著那薄薄的書頁……翻頁……又翻頁……在內文開始之前，夜長姬好幾次發出甜美的嘆息。

我的手指也漸漸發熱。

慢慢地，我讀起了故事的開頭。

拿著書本的右手不時用食指摩擦上面的書角。

『……結……會留下痕跡的……不要一直摸啦。』

她的聲音比平時更柔弱，還帶著一絲撒嬌的味道。

「嗯，對不起……妳就讓我摸一下嘛，我好久沒摸了。」

『……唔唔……』

她輕輕吸氣，像是努力忍著不發出呻吟，真是太可愛了。

變色的樹葉之間灑下溫和的陽光，微風輕輕柔柔。

啊啊……能在這麼美好的日子，這麼美好的地方，翻著我最喜歡的書……真是太幸福了……

度過一段短暫卻很滿足的時光之後，我走向下一個目的地。

夜長姬可能還想在公園多待一下，但是在室外待太久對她的身體不好，我得幫她多注意一點。

「回家之後再繼續吧，下次要翻妳翻到天亮。」

把夜長姬放回口袋以前，我把嘴唇貼近她的封面低聲說道。

『……你想要的話。』

她用稚氣未脫的聲音囁嚅著回答。

「嗯，回家再繼續翻吧，不過我們還在約會喔！我在網路上找到了一間販賣可愛書衣的商店，一起去逛逛吧。」

『……我不要去書店，你都會看其他的書。』

「不是啦，那間店賣的是手工午餐墊或圍裙之類的東西。那裡的書衣都很漂亮喔，真想讓妳穿穿看。」

『……沒有賣書嗎？』

「嗯，大概吧。」

『那就沒關係了。』

「好，走吧！我會幫妳挑一件最適合的可愛書衣！」

我用手機查詢地圖，從大馬路走進小巷，來到一間像祕密居所一樣可愛的手工布製品商店。

布製的小袋子和托特包似乎很受歡迎，有一群國高中的女生嘰哩呱啦地聊天邊挑選著。

整間店裡只有我一個男生，算了，無所謂啦。

還好一般人對我的評價都是樸素又不起眼，從某種角度來看，這也算是優點吧。別人一定不會注意到我。

而且我的口袋裡還有夜長姬。

我是和女友一起來的，根本不需要害羞。

我要找的書衣放在最底端的貨架上。

款式和尺寸比我想像得更豐富，而且這一區沒有其他客人，空蕩蕩的。

「哇，真不知道該怎麼挑，這個好可愛，這個也很不錯。唔，要買哪一個呢……」

我看似自言自語……

『這兩個讓我挑的話，我要這個。』

但我其實是和夜長姬小聲地對話。

「白色的也很適合呢。」

『白色……容易髒。而、而且……白色是結的顏色。』

「那就找個跟白色相配的顏色吧。」

『……後面那個櫻花色的……』

「粉紅色嗎？這和妳原本的顏色不一樣，挺新鮮的。」

『結……你也喜歡這個顏色吧？』

「嗯。」

攤開的粉紅色書衣與其說是可愛，更該形容為清純高雅、充滿女人味，是成熟的粉紅色調。

『這個很好。』

「那就買這個吧，一定很適合妳。」

我拿著粉紅色書衣走到櫃檯。

「我是要送給女友的，請幫我綁上緞帶。」

櫃檯的大姊姊聽我這麼一說，就微笑著回答：

「那我就幫你包裝得可愛一點。你女友和你同年級嗎？」

「她比我小一點，既文靜又可愛。」

姊姊臉上的笑意更深了。

夜長姬在口袋裡喃喃說著：

『結……你太多話了。』

但她的語氣甜蜜，感覺很開心。

大姊姊除了緞帶之外還幫我貼上花飾。

「希望你女友會喜歡。」

「一定沒問題！謝謝妳！」

離開商店後，我覺得有點餓。

「我搜尋過女孩子約會時喜歡去的咖啡廳，附近有間不錯的店，我們就去那裡，然後我要幫妳換上剛買的書衣。然後，我還想翻一下剛打扮好的妳。」

『……我也……希望你翻我。』

我彷彿看見一位臉頰泛紅、眼簾低垂著回答的烏溜溜長髮小公主。

哇塞，夜長姬以前有這麼嬌羞過嗎？禮物的威力還真驚人。

我走回大馬路，找到了要去的那間咖啡廳。

此時正好錯開了午餐尖峰時間和下午茶時間，很快就有空位了。

嗯，看起來確實是女孩子會喜歡的店家，既時髦又乾淨。

我看著菜單裡那些裝盤美麗、有大量蔬菜的健康料理照片，思索著要吃什麼。要不要點烤蔬菜咖哩拼盤呢？啊，約會時吃咖哩好像不太合適，味道太重可能會惹夜長姬討厭。那就點生春捲套餐吧，還附了餛飩湯呢。我抬頭準備叫店員時……

咦？那個人……

我和夜長姬坐在最底端的一桌，離我們稍遠處的窗邊坐了四個女生。她們每個人的長相、髮型、服裝都很有格調，裡面有一位波浪捲長髮女孩。她纖細的身軀穿著水藍色洋裝，就像飄逸脫俗的妖精。

「真的是小螢耶。」

我脫口而出。口袋裡的夜長姬用不高興的語氣說：

『……約會的時候……不准看其他女人。』

「不是啦，我跟妳說過悠人學長妹妹的事吧？就是《咆哮山莊》那件事。那個長頭髮的女生就是小螢。」

我把夜長姬從口袋裡拿出來，封面朝向窗邊那一桌。

夜長姬注視著小螢，渾身散發著寒氣，但她突然吸了一口氣。

『嘶！』

怎麼了？

她好像很驚恐……

『……』

之後她就不說話了。

「夜長姬？難道妳認識小螢嗎？」

『……』

夜長姬依然沉默，然後好像很害怕地說：

『……結，把我放回口袋。』

她似乎不想看到小螢。

為什麼？

她真的認識小螢？

夜長姬和我在一起之前，是在姬倉家一個親戚小女孩的手上。我和悠人學長也是在那女孩住的房子裡認識的，所以小螢就算去過她家也不奇怪。

或許夜長姬當時見過小螢。

可是我不明白她為什麼這麼害怕。小螢又不像我那個在北海道讀醫大的姊姊，她應該從小就很溫柔婉約，絕對不會撕破書本。

店員走過來幫我點餐，我點了生春捲套餐，冰紅茶餐後再送來。

我很想幫夜長姬換上剛買的書衣，但她不想離開口袋，而我也很在意小螢，所以眼睛一直盯著窗邊那桌。

那些人是她學校裡的朋友嗎？

她和同學在放假時一起出來玩嗎？

小螢笑咪咪的，看起來很愉快……咦？

此時她尷尬地垂下目光。

但她隨即笑容滿面。

仔細一看，她的笑容有些僵硬，而且不時露出黯淡的神情……

難道她和朋友處得不好……？那些女生看起來都很乖，她們的感情看起來也不錯，難道私底下會互相嫉妒嗎？小螢是姬倉集團會長的女兒，在充滿富豪的千金小姐學校裡也是特別出眾，而且她還是個美少女，說不定會有人因嫉妒而欺負她。

在素描簿上打叉、撕破畫像的人說不定就是她們……

不，我不該無憑無據地懷疑別人。

可是小螢又露出了憂鬱的表情……

『鏡見子。』

口袋裡傳出冷冷的說話聲。像是有根冰柱塞進我的後領，凍得我渾身顫抖。

剛才那個是夜長姬的聲音嗎？

鏡見子……沒想到我還會從夜長姬的口中聽見這個名字。

夜長姬躲在口袋裡，用害怕又憂慮的語氣對愕然屏息的我說：

『鏡見子……經常露出那種表情……本來跟大家有說有笑……眼神卻突然黯淡下來……臉色變得蒼白……』

聽到這番話，我的背脊更涼了。

小螢的表情和鏡見子很像？這應該是危險信號吧？

可是小螢又沒有中書本的毒。

真的嗎？

說不定她已經……

生春捲套餐送來了。一旁附上摻入堅果的辣醬，看起來很好吃，但我卻沒心情品嘗。

我完全沒動自己的餐點，只顧著偷瞄小螢那一桌，這時有幾位像高中生的男生走過去。

咦？是來搭訕的嗎？

不對，看他們打招呼的樣子似乎認識。難道是聯誼？

小螢好像不知道這件事，她一臉困擾地和朋友說話，然後準備起身離開，朋友卻拉住她的手，硬要她留下。

好啦，沒關係啦，就當是學習一些經驗嘛。那女生似乎這麼對她說。

小螢無奈地垂下目光。

男生們坐下來，和四個女生面對面。

這根本就是聯誼嘛。

白羽女學院的千金小姐也會找人聯誼？這樣不會違反校規嗎？

那些男生的長相和服裝也很有品味，看起來像是豪門少爺。

我不想批評他們「國中就搞聯誼也太早熟了吧」，不過小螢好像很不舒服的樣子。

他們開始自我介紹了，其他人都很開心，小螢雖然也陪著笑臉，但她的表情很不自然。

她好像很想離開，視線偷偷瞄向櫃檯，手指在桌底下不斷交纏。

接著又露出鬱悶的表情。

——鏡見子……經常露出那種表情……

視線低垂，感情彷彿漸漸抽離。

我拿起裝著書衣的紙袋，起身走向小螢那一桌。

口袋裡的夜長姬不安地叫著「結……」。

此時小螢身邊的男生正在問她「妳很緊張嗎？妳是第一次參加聯誼嗎？」，然後搭著她纖細的肩膀說「好了，放鬆點，放鬆點」，小螢全身一顫，正想要躲開……

「抱歉，我是螢的哥哥，我有一些事，要先帶螢離開。」

小螢差點喊出我的名字，但我用眼神制止了她。

「走吧，螢。」

我露出微笑，輕聲說道。

「呃……嗯，哥哥。」

小螢說完就站了起來。

在畫室見到她時，她態度成熟地稱悠人學長為「大哥」，或許她在家裡都叫他「哥哥」。

「對不起，我哥哥來接我了，我得回去了。真的很抱歉。」

小螢拿起包包，拉住我的手，用力到幾乎整個人撲在我身上。

「那我們就先告辭了，請你們繼續聯誼吧。」

我笑著說完就和小螢並肩離去。

我在櫃檯付清了自己和小螢的費用時，後面傳來小螢的朋友和聯誼對象疑惑的聲音。

「咦？小螢的哥哥不是外貌出眾的校園王子嗎？」

「我表姊是聖条學園的學生，她說他又高又帥又有氣質，有很多女生崇拜他。」

「我也聽說他是姬倉集團的繼承人，成績優秀，又有領導能力，在管弦樂社擔任指揮呢。」

「我幾年前在派對上見過悠人先生，他非常顯眼，大老遠就會注意到，全身散發強大的氣場，真的很帥氣。現在怎麼變成一個樸素眼鏡男？身高還縮水了？」

悠人學長的評價降低了呢……

算了，無所謂啦。反正他的風評本來就高到離譜。

「對不起，我假冒妳的哥哥把妳帶走。因為我若直接走過去跟妳說話，一定會被他們趕走。」

「不會……我也很想離開……我根本不知道他們要聯誼……」

「嗯，我看到妳的樣子也這麼覺得。」

離開咖啡廳後，我們邊走邊說話。

小螢聽到我這麼說就低下頭去。

「悠人學長很擔心妳呢，他說妳最近常常無精打采的，可能是因為母親再婚吧。」

「這、這個……」

小螢的聲音越來越細微。

我繼續說：

「聽說妳房間的垃圾桶還丟著打叉的素描簿和撕碎的畫像。」

她大吃一驚。

「那是！那個……因為我一直畫不出滿意的作品，所以才……」

小螢急著想要解釋，但聲音越來越小，說到一半就沉默了。她緊皺眉頭，神情軟弱地低下頭去。

「悠人學長說妳一向很珍惜畫具，不會拿這些東西發洩情緒。」

「沒……這回事……」

走在我身旁的小螢纖瘦的肩膀縮得更小了。

在我的口袋裡的夜長姬聽到這些對話會怎麼想呢？

口袋裡沒有傳出任何聲音。

「難道……是別人撕碎的？妳跟朋友在一起的時候看起來有些勉強，是不是被她們欺負了？」

我故意這麼問。

小螢轉頭看著我，非常堅決地否認。

「不是的！我沒有被任何人欺負，我的朋友都是很好的人！」

嗯，我也覺得是這樣。

我確信小螢在學校沒有被欺負。

話雖如此，她的煩惱應該還是和朋友有關。她難受得垂下目光，用飽含羞恥和罪惡感的語氣說道：

「有問題的不是她們……而是我。」

就像初次見面時一樣，透明的水滴從她白皙的臉頰滑落。

◇ ◇ ◇

在公園長椅上，小螢慢慢說出事情是從她父親去年夏天過世後開始的。

我坐在一旁聽著，不時給她一些簡短的回應。

「父親在世的時候……我一直表現得很乖很聽話。有謠言說我的父親害死別人、侵占了別人的公司……每當親戚聚在一起，我都會聽到有人說父親的壞話……」

竟然跟那種搞不清底細、渾身疑點的男人結婚。

小螢聽見親戚們皺著眉頭竊竊私語，不禁擔心自己如果做了壞事，父親一定會被說得更難聽，說她「果然是那男人的孩子」。

因此她自然而然地壓抑自己，盡量表現出乖巧聽話的模樣。

悠人學長也把自己父親批評得一無是處，說他是個老大不小還遊手好閒的問題人物，但悠人學長並不會因此把父親當成反面教材，變成一個乖孩子。應該說，他反而還一臉無所謂地為所欲為。

妹妹小螢的個性似乎比哥哥悠人更纖細敏感、正經八百。

「去年父親過世後，我心想不能再這樣下去，一定要改變自己。之前我老是在母親的畫室裡畫畫，都要有母親或哥哥陪著才會出門……我打算之後要多交朋友，多出去玩，還有戀愛……我也想試試看……如果我能過得精采充實，父親在天上也會感到安心吧。」

想交朋友很合理，但我不明白她為什麼想談戀愛，或許女生都是這樣吧。

變得積極的小螢先從交朋友開始。想和她交朋友的人想必不少吧，沒過多久，她在學校就交到不少朋友，放學後和假日她都和那些人一起出去玩。

「我一開始很投入……很努力地配合大家。可是……我越來越覺得痛苦……跟大家一起玩、一起聊天……我一點都不覺得開心……」

小螢臉色蒼白，表情僵硬，放在腿上的雙手抓緊裙子，彷彿她做了多麼不可饒恕的事。

「我的朋友都是很好的人，她們既溫柔又開朗，看到我神情落寞都會很擔心，帶我去吃美味的水果百匯，邀我去看戲、聽音樂會……」

「可是，我真的開心不起來。我在笑的時候都覺得自己臉部僵硬，非常難熬……我心裡一直想著如果被大家發現我不開心，那該怎麼辦呢……」

「她們沒有做錯什麼，是我太奇怪了。」

小螢在父親過世後決心要多交朋友、積極向上地生活，但是和朋友相處讓她疲憊不堪，這件事令她充滿了罪惡感。

她想再像從前一樣，在畫室裡悠哉地畫畫。

那樣更令她感到安心和愉快。

可是她必須多交朋友，和大家相處融洽，才能讓父親放心。

還有母親和哥哥……

當她正在糾結時，母親決定再婚。

而且母親的肚子裡已經有了新弟弟或妹妹。

「高見澤先生人很好，又很可靠……母親和他結婚我真的很高興，我也很期待多一個弟弟或妹妹，一定會很可愛的。」

「可是，我連跟朋友正常相處都做不到，一直卡在原地，而母親在父親過世後卻能活得閃閃發亮，不斷地向前邁進——除了再婚之外還有了新的孩子——盡情地享受著自己的人生……所以我很難過……埋怨自己為什麼不能像母親一樣……」

她在素描簿上畫了母親和高見澤先生的畫像，是打算送給他們當禮物。

可是因為隔了一段時間沒畫畫，她怎麼畫都畫不好，就算一再重畫都無法滿意。

「我……究竟做得了什麼呢……跟朋友在一起沒有快樂只有痛苦，連畫畫都畫不好……」

小螢心中充滿悲傷和絕望，所以她撕破了畫不好的畫，把素描簿的封面打叉、丟進垃圾桶，趴在床上無聲地哭泣。

否定小螢的並不是她的母親或高見澤先生，而是她自己。

一想到她的心情，我就因無助感而心痛。

不是這樣的。

小螢，「正確的路」並非只有一條。

「母親活得那樣強悍、那樣光芒四射，但我不只沒談過戀愛，就連跟朋友都相處不好……我明明想要跟大家一起開心，心裡卻越來越痛苦……」

小螢抓著裙子的手微微顫抖，聲音越來越哀傷。我語氣堅定地對她說：

「既然如此，那就別再勉強自己和學校的朋友一起玩了，獨自一人畫畫更適合妳。」

我聽到夜長姬在口袋裡吸氣的聲音，小螢則是疑惑地看著我。

「可、可是……沒辦法和大家正常相處，一個人躲起來做自己有興趣的事不太好吧……」

「什麼才是『正常』呢？每個人對『正不正常』和『好不好』的定義都不一樣，只要沒有傷害別人，沒有否定別人對『正常』的定義，妳大可繼續保持自己對『正常』的定義。」

帶點藍色的清澈眼眸震驚地閃爍著。

「真的嗎……？」

小螢像是勒住自己脖子似地不斷自我否定，把「一人獨處比和大家在一起更放鬆更愉快」的想法視為不好的、不對的，但她一定很希望有人來告訴她「沒有關係」、「妳沒有錯」、「妳應該接受自己的個性」。

因為她已經無法自我肯定了。

所以我露出燦爛的笑容，斷言說道：

「嗯，妳只要做妳自己就好了。」

小螢睜大眼睛凝視著我。我用毫無陰翳的明亮語氣說道：

「如果妳覺得一個人畫畫比和朋友玩更快樂，那樣對妳來說就是『正常』。其實我能聽見書本的聲音喔，看在別人眼中，這樣一定很不正常、很奇怪吧？可是這對我來說就是正常，就是理所當然的事。」

我從口袋拿出淡藍色的薄薄文庫本，把那高雅的封面朝向驚愕的小螢。

「你看，這是我的女友。她很漂亮，又很可愛，非常愛吃醋，拗脾氣時就不跟我說話，但我最愛她這個樣子了。」

夜長姬突然被我拉出來介紹給小螢，驚慌得說不出話，只能發出『呃……嗚……啊……嗚……』這種無意義的聲音。

小螢也是一樣，她的眼睛睜得更大了，讓我不禁擔心再這樣下去，她的眼珠會掉出來。

「呃……啊……那個……」

她斷斷續續地發出一些不成句的聲音之後，不知所措地打招呼說：

「那個……妳、妳好，女友小姐。」

「她叫夜長姬。」

「夜、夜長姬小姐……初次見面。」

小螢把雙手貼在膝上鞠躬行禮，夜長姬依然驚慌地說不出話。

『啊……呃……』

看到小螢紅著臉有禮貌地問候，夜長姬應該不會覺得她像鏡見子吧。

「夜長姬也向妳問好。」

『我、我才沒說……』

小螢的眼睛和嘴角露出柔和的笑意，望著我說：

「你跟我哥哥說的一樣呢。哥哥告訴過我『結能跟書本說話』，我還以為他在開玩笑，原來是真的。」

我也笑著回答小螢：

「嗯，我聽得見書本的聲音，所以我要告訴妳畫室裡的《咆哮山莊》對妳說了什麼話。」

◇ ◇ ◇

我傳 Line 聯絡悠人學長，他立刻打電話給我，接著我就和小螢來到聖条學園的音樂廳。

上次我來到頂樓的畫室是在白天，而此時的畫室充滿了鮮豔的夕陽餘暉。天花板的彩繪玻璃照進朱紅色光輝。

桌上擺著一本深藍色封面的厚書。

應該是悠人學長從書櫃拿出來的。

我用雙手捧起沉重的書本，朝那有如暴風荒野的深藍色封面微微一笑，然後抬起頭。

悠人學長和小螢都屏息注視著我。

我要告訴妳畫室裡的《咆哮山莊》對妳說了什麼話。

剛才我對小螢這麼說。

我也在手機裡告訴過悠人學長，我已經知道《咆哮山莊》對她說了什麼。

為了把這些話告訴他們兩人，所以我才請他們來畫室。

牆上掛滿了裱框的繪畫和大量的素描，其中有肖像畫，也有風景畫，每一幅畫的線條和色調都很強烈。

這畫風清楚地表現出作畫之人強烈而奔放的個性。

我對迫不及待的兩人開口說：

「小螢，妳難過的時候就會來這裡對母親的《咆哮山莊》說話，是因為那本書對妳而言很特別吧？」

「我聽悠人學長說過，妳母親讀過那本書很多次，但這應該不是唯一的原因。這本書有兩位主角——希斯克里夫和凱薩琳，妳是不是把希斯克里夫當成了過世的父親呢？」

小螢非常驚愕，悠人學長稍微睜大眼睛，隨即露出微笑。

這一定就是「正確答案」吧。

「悠人學長說過，妳父親過世後，妳自己去買了《咆哮山莊》回來讀。我想，妳大概是因為很想念和希斯克里夫相似的父親吧。」

那個偏執的男人摧毀了兩個家庭，把一切據為己有。我把小螢的父親比喻成像荒野風暴一樣的反派角色或許有些失禮。

但小螢很悲傷地說過，親戚們經常說她父親的壞話，說他害死別人、侵占了別人的公司，說他搞不清底細，渾身疑點。

悠人學長說過小螢的父親能力非常好，是他母親的工作夥伴。

他一定是個頭腦聰明、工作出色的人。

這些特質也令人想起了希斯克里夫。

我沒有親眼見過小螢的父親，說不定他還擁有其他和希斯克里夫相似的特質。

小螢用飄忽的聲音喃喃說道：

「……是的。你說得沒錯……我父親……很像希斯克里夫。」

她垂下眉梢，眼眶含淚，大概是想起父親了吧。

雖然大家都在說她父親的壞話，但她一定很愛自己的父親。

為了不讓父親受到更多批評，她努力地當個乖孩子。她甚至為了讓父親放心，決定要多交朋友、積極地過日子。

「因為妳把父親視為希斯克里夫，所以妳也很羨慕跟希斯克里夫熱戀的凱薩琳，也想試著談戀愛，對吧？」

小螢面紅耳赤地回答：

「是的。」

女孩子因為看了愛情故事而開始夢想自己也能這樣愛人、也能這樣深受別人所愛，是再尋常不過的事。

所以小螢不只想交朋友，也想談戀愛。

我以前懷疑過，為什麼她會突然想要談戀愛？這想必就是答案。

一切都和《咆哮山莊》有關。

「可是，和朋友一起玩讓妳覺得壓力很大，妳因此懷抱著罪惡感，對自己越來越悲觀，不知道自己這種個性有沒有辦法談戀愛。沒錯吧？」

小螢面頰泛紅地回答：

「是……是的。你怎麼會這麼了解我的想法？簡直就像魔法師。」

她用感嘆的眼神看著我。

「這是妳自己說的。妳說妳的母親活得那樣強悍、那樣光芒四射，但妳不只沒談過戀愛，就連跟朋友都相處不好……」

「妳還跟我說，妳在父親過世後一直停留在原地，但妳母親不只談戀愛、結婚，還有了孩子，妳埋怨自己為什麼不能像母親一樣。」

「啊……」

小螢發出驚呼，表情越來越羞赧。

「螢，母親非常地與眾不同，像她那樣的人本來就不多。」

悠人學長在一旁說道。

「呃……嗯。」

小螢一定也很清楚。

母親是特別的，她不可能變得像母親一樣。

就算這樣，看到母親活得光芒四射，她一定還是會感到悲傷心痛吧。

所以她在畫室裡抱著母親的書，自問著：

『為什麼我沒辦法變得像母親一樣？』

母親明明那樣類似被希斯克里夫深愛著的凱薩琳。

「小螢，悠人學長說得沒錯，這本《咆哮山莊》要告訴妳的也是這件事。」

紅著臉低著頭的小螢再次緩緩轉頭看著我。我溫柔地看著她那膽怯的眼睛，說道：

「我把這本書稱為凱薩琳小姐。她說的是英語，所以我一開始完全聽不懂她在說什麼，只聽到『切雷索爾，切雷索爾，凱琳，凱琳……』，像是在念經一樣。」

「但我後來讀了附日文翻譯的『咆哮山莊』電影對白全集，又跟那本書聊了一下，反覆播放ＤＶＤ，聽演員們的表演……我終於搞懂了。」

「雖然我不是全都理解，但我已經知道凱薩琳小姐最想告訴妳的話了。」

小螢深吸一口氣，悠人學長也專心地聽我說話。

我朝他們兩人舉起凱薩琳小姐，露出笑容。

原本沉默的凱薩琳小姐又開始說起那句話了。

像是熱情奔放的成熟女性。

又像是天真無邪的少女。

她用那變換自如的聲音、如荒野狂風的咆哮一般強而有力地說：

『chainless soul.』

「chainless soul——不可束縛的靈魂。」

『You do not need to be like Catherine.』

「妳不需要變成凱薩琳。」

我複誦著她說的話，聲音迴盪在黃昏時分的畫室。

「《咆哮山莊》的作者艾蜜莉・勃朗特就像希斯克里夫和凱薩琳一樣，既強悍又孤獨，而且極度嚮往自由。那本對白全集凱西小姐告訴我，艾蜜莉的某首詩就是這麼說的。」

我慢慢地背誦出彷彿濃縮了艾蜜莉的一切、既強勁又純粹的詩句。

「我對財富嗤之以鼻，
對愛情一笑置之；
名與利皆是幻夢，
天一亮就消失無蹤。

我若要祈禱，
只有這句禱詞：
『願能放下心頭重擔，
獲得自由。』

這短暫一生走到盡頭時，
我只求一件事：
無論是生是死，
都要有堅強而不可束縛的靈魂。」

凱西小姐說完以後，興奮地問我「怎樣？很棒吧！感動到渾身發抖了吧？」。
她還說，最後一句的「不可束縛的靈魂」特別動人心弦。
聽到這句話，我才想到「啊……原來如此」，開始明白那句意義不明的話是什麼意思。

之後小螢和我分享她的煩惱，我終於想通了。
凱薩琳小姐想要告訴小螢的話就是……

「小螢，妳不用變成凱薩琳，也不用變成妳的母親，妳只要做妳自己就好了。還有，妳只要做自己喜歡的事情就好了，就算旁人覺得這樣太孤僻，覺得妳做錯了，妳也不需要被那些意見束縛！妳可以自由地為自己做決定！」

這樣就可以了吧。

凱薩琳小姐要對小螢說的就是這些話吧。

從我懷裡傳出的聲音變成了溫柔的語調。

『chain……less』

聽起來還是很像念經。

但感覺卻很溫暖。

小螢雙手在胸前緊緊交握，淚水在眼中打轉。悠人學長溫柔地摟住她纖細的肩膀，說道：

「『chainless soul』……妳知道這是母親最喜歡的一句話嗎？現在的母親看起來

比誰都自由，但高見澤先生跟我說過，母親的爺爺還在世的時候，她深受姬倉家的束縛，有很多事不能做，她一直拚命地試圖掙脫鎖鍊……他還說，母親在青春時代一直努力追求『chainless soul』。就像現在的妳一樣，母親也曾經很苦惱、很掙扎，為此消沉不已喔。」

「……母親……會這樣嗎？」

小螢一臉疑惑地喃喃說道。

可是，如果真的是這樣。

如果母親也會有這種心情。

小螢或許正在這麼想，她的眼神閃爍不定。

沉重的深藍色書本在我的懷裡用柔和的聲音繼續說話。

她的語氣中充滿了祝福，就像風暴平息之後從雲縫中灑下清澈的光芒……

「這本書一定一直看顧著妳的母親，默默地支持她努力斬斷鎖鍊、漸漸成長為一個堅強自由的成熟女性。」

就算小螢的母親聽不見她的聲音，就算任何人都聽不見她的聲音。

我就在這裡。

我一直看著妳。

我相信妳的堅強。

妳可以自由自在地活出妳的人生。

她一定不斷地這麼說著。有時激烈，有時溫柔。

而且，她也溫柔地看顧著女兒小螢。

我用雙手把深藍色的書本遞給小螢。

小螢接了過去，緊緊抱在懷裡。這次她沒有哭，而是面帶笑容對著書本說：

「謝謝。我也不會再害怕孤獨，我會掙脫鎖鍊的束縛，勇敢地去做自己想做的事。」

那樣的小螢一定閃亮得不輸她的母親。

◇　◇　◇

小螢要先回家了，我和悠人學長一起送她。

她神色開朗地看著我說：

「我想起來了，我在父親過世之後讀《咆哮山莊》，並不是想和凱薩琳一樣談轟轟烈烈的戀愛，而是想和她的女兒凱西一樣，和一個能溫馨互相陪伴的人談戀愛……」

對白全集的凱西小姐說，凱薩琳的女兒和表哥林頓結婚之後過得很幸福。《咆哮山莊》以這對相愛的年輕男女的溫馨場景做為結尾，是個充滿希望的故事。

「雖然我現在還沒有那麼多的心力，但是遲早有一天……啊，我畢竟不是凱西，所以當然是用自己的步調。」

「嗯，喜歡的人都是在不知不覺間出現的。還有，我覺得妳也可以跟朋友分享一下妳的想法，或許會有人遠離妳，或許也有人願意和妳維持適當的距離繼續當朋友。妳也可以研究看看，要維持多遠的距離才不會讓自己感到難受，總有一天會找到適合自己的距離。」

小螢乖巧地點頭回答「好的」，注視著我的眼睛露出了柔和的神色。

「……以後我會繼續來這裡畫畫，你可以再來看我嗎？我還有很多話想跟你聊聊。」

「當然，妳隨時都可以找我聊。」

我笑著回答，小螢又開心又害羞地紅著臉說：

「謝謝。我很期待。」

然後她說著「那、那就下次見」，靦腆地離開了。

那大波浪長髮飄然消失在門外。啊啊，她真的美得像妖精一樣。

我也露出笑容，心想「小螢恢復精神真是太好了」，我身旁的悠人學長一臉輕鬆地說：

「哎呀……事情發展成這樣了啊。無妨，我也很樂見你成為我的妹婿。不過，要加入我們家，必須能用英語說日常會話喔。看來還是得特訓。」

說什麼傻話啊。

夜長姬聽到這番話，在口袋裡用冰冷的聲音說：

『……結……你明明說你喜歡日本風的美少女……竟然迷上姬倉家的小丫頭……看得都心神蕩漾了……竟敢劈腿……我要詛咒你，判你狂舞之刑……嗚嗚，我才不會讓你和人類小丫頭結婚……』

「呃，我才不想加入用英語說日常會話的家庭，而且我已經有夜長姬了。妳聽到了嗎？夜長姬？」

『詛咒你……詛咒你……詛咒詛咒……詛咒，詛咒，詛咒，詛咒，詛咒，詛咒，詛咒，詛咒，詛咒，詛咒，詛咒，詛咒，詛咒～～～』

唉，她又開啟暗黑模式了。

我本來還期待今晚可以盡情翻閱穿上我送的成熟粉紅色書衣、打扮得漂漂亮亮的夜長姬呢。

大概是我急著向夜長姬和悠人學長解釋的模樣太好笑了，畫室書櫃上的書本們都用不同國家的語言開懷地七嘴八舌。

# 夜長姬的小祕密
# ～今晚是成熟的粉紅色

(๑ˇ•ᴗ•ˇ๑)و　給這個大笨蛋……劈腿的渣男……

(≧∀≦人≧∀≦)♡　約會時……明明那麼開心。

(ꈊ˘◡˘)❊　虧我這麼期待……給幫我穿上櫻花色的衣服。

ヾ(*´∀`*)ﾉ　（想像畫面）妳好可愛啊，夜長姬。

☆(❀•◡•❀)۶۹　（想像畫面）當然啊……

(｡•ω-｡)⌒♡　（想像畫面）今天我要翻妳一整晚。

(˘´໑ ꒳ ໑`˘)　唔……

(((T﹏T)))　我不想要一個人睡……來翻人家啦……給……（哭哭）

# 第四章

# 鮑伯短髮的可愛女孩說著「一切都是為了女人緣」

最近我被人跟蹤了。

對方是長得像特攝英雄片主角、瀏海飄逸又帥氣、比我大一歲的高二生。

他是足球社的王牌選手、經常有一大群女孩跟在身邊尖叫的萬人迷。

這位學長有時會躲在學校走廊的轉角，有時躲在校舍之間的縫隙，有時躲在圖書室的書櫃後，有時躲在上學途中的磚牆後，緊盯著我不放。

『……那個男的……愛上你了……不可以看他的眼睛……會被他撲倒的……』

夜長姬在我制服的胸前口袋裡用充滿敵意和警戒的語氣喃喃說道。什麼愛啊，他怎麼可能愛上我。

這位高二學長——名叫赤星昴（連名字都很像特攝英雄）——原本在追妻科同學。

他又帥又有女人緣，他一定覺得沒有女生會不喜歡他吧。即使妻科同學拒絕了他，他還是跑去她的教室，努力不懈地邀她出去約會，讓妻科同學非常頭痛。

也是為了皮皮妹妹們的託付，我順勢出面制止赤星學長繼續糾纏妻科同學，不知為何卻被誤會我和妻科同學正在交往。

拜此所賜，赤星學長沒再去找過妻科同學，這也算是一件好事啦。

不過他後來卻老是跟在我身邊，用熾熱的眼神盯著我。

難道他對我懷恨在心？

雖然我這樣懷疑過，但他看著我的眼神並沒有恨意，他只是筆直地、熾熱地注視著我。

他到底想要做什麼？

赤星學長始終沒有主動來找我說話。

應該說，他好像還沒發現我已經注意到他了……

如果我隨便跟他說話，不小心洩漏妻科同學的事情，那就麻煩了，而且我和妻科同學沒有在交往的事說不定也會曝光，所以我還是假裝沒看到他吧。

話雖如此，每天被這個帥哥學長用熾熱的眼神盯著看，叫我怎麼不在意啊？就算我能漠視他的身影，也沒辦法漠視那個「聲音」。

『唷！眼鏡少年！從大清早就開始跟女友卿卿我我的，精力真旺盛哪。』

『聽那可愛的聲音不斷說著「詛咒你詛咒你」的，真叫人不知如何是好。聽得我都心神蕩漾了，再多說幾句吧～』

『哎呀？小女友不說話啦？唉，真寂寞啊。』

『詛咒我吧，please！快說快說！話說眼鏡少年的小女友真是超～～～難搞的，太符合我的胃口了。讓我看看妳的臉（封面）嘛！』

每當赤星學長看著我的時候，他那邊就會傳來這些沒禮貌的發言。光聽內容似乎是大叔會說的話，聲音卻是個活潑可愛的女孩，讓我更覺得好奇。

那不是赤星學長的聲音，而且對方聽得到夜長姬的聲音，所以應該是書本？可是，怎樣的書才會用可愛女孩的聲音說出大叔的發言啊？

夜長姬一開始還試圖以冰冷的聲音震懾對方：

『……結是屬於我的……膽敢隨便對結出手的話……就判妳狂舞之刑。詛咒妳……詛咒妳……』

但對方卻開朗地回答：

『詛咒我吧，please！詛咒我吧，安可！怎麼啦，小女友？妳的怨念不夠力呢，再來一次吧～』

把夜長姬嚇得聲音都發抖了。

『……結……好噁心，好可怕……』

然後她就不再說話了。

能把夜長姬嚇成這樣的，絕對不是尋常人物。

我越來越好奇赤星學長身上帶的是什麼書了。

最後，我終於有機會見到「她」。

某天赤星學長又一如往常地跑來跟蹤我。放學後，我正在圖書室裡對熟識的書本使眼色、露出微笑、小聲地打招呼，赤星學長從窗後露出半張臉，熾熱地盯著我。

唉……又來了。

偷窺我的生活到底有什麼好玩的？

成天被赤星學長這樣盯著，我都不能和夜長姬或其他書本說話了，真不方便。不過我今天把夜長姬留在家裡，才能來圖書室。

我側目偷瞄，發現有些女生看到了赤星學長。

「咦？你是足球社的赤星學長吧？」

「真帥，你在這裡做什麼？」

她們說著走向窗邊。

赤星學長急忙站直身子，帥氣地撥了撥瀏海。

「嗨，我正在休息啦。」

「喔，這樣啊。學長在上次的練習賽踢出反敗為勝的一球，真是太厲害了。」

「我會再去幫學長加油的！」

「謝謝。哎呀，休息時間要結束了，我先走啦。」

赤星學長輕鬆地抬手說完就跑掉了。

「哇塞，跑得真快，不愧是赤星學長。」

「他真的很帥耶。聽說赤星學長被高一女生甩了，那個女生有男友，是個樸素的眼鏡男。」

「啊？赤星學長一定比他更好吧。我要不要去追他看看呢……」

真抱歉哪，我只是個樸素的眼鏡男。

這時我又聽見了那個聲音。

『痛死了……喂！昴！竟然把我甩落，自己一個人逃走，你驚慌過頭了吧！』

那是個大剌剌的女孩聲音。

等那些女生聊著赤星學長越走越遠，我才走到窗邊，探出上身，看著下方。

『喂！昴！回來啊！你最寶貴的老師掉在這裡了啦！喂！喂！』

『真是的，昂那傢伙不只噁心，還笨得很，老是這樣瞻前不顧後，竟然還把本大爺弄掉了。』

在我眼前不斷抱怨的女孩穿著類似兩件式泳裝的白色星星圖案薄荷綠內衣褲……不對，是封面上畫著這麼一個女孩的文庫本。

她的胸部和屁股豐滿又健康，雖然只穿內衣褲，卻沒有猥褻的感覺。有一雙大眼睛，還有看似很會接吻的豐厚下唇。她的頭髮長度還不到後頸，那種髮型好像是叫鮑伯短髮？

是個很可愛的女孩子。

「她」仰望著我，語氣開朗地說：

『唷，眼鏡少年。你在圖書室跟其他書本劈腿啊？會被小女友詛咒喔。』

語氣依然是大叔的語氣。

書名是《一切都是為了女人緣》。

咦？女人緣？這是赤星學長的書吧？

咦？咦咦？

這出人意料的書名令我非常困惑。

「你是赤星學長的書嗎？」

我這麼一問，她回答的語氣宛如盛夏藍天般明亮：

『是啊！我是昂最〜〜可靠的私人教師。昂就是讀了我才變得那麼有女人緣喔。』

五分鐘後。

我坐在圖書室牆邊的花壇邊，把赤星學長掉的東西放在腿上，跟她說話。

應該說，我只是靜靜聽著她用開朗女孩的聲音和大叔的口吻說個不停。

『寫我的作者是二村仁老師，他從赫赫有名的慶應義塾小學一路直升到慶應大學，大學讀到一半就休學了，但他自己辦了劇團，還當上AV導演，真是帥斃了！』

『我出版的時候，他還同時兼任四部AV的製作人兼導演呢！這些事情全都寫在我的作者介紹頁面上。我最推薦二村老師的「用戀愛和性愛得到幸福的祕密」，這不是限制級書刊，連高中生都可以用零用錢買來看！不過拿去櫃檯結帳時會有點丟臉，最好拿一本文學書籍遮住。』

唔……聲音確實很可愛啦。

但她講話的口吻和內容都像個大叔，或許是因為作者是男人吧。

她——就稱為阿緣小姐吧——是一本教學書籍，教讀者該怎麼做才會有女人緣，為什麼會沒有女人緣，也詳細解釋了有女人緣是指怎樣的狀態。

『昴在車站的書店把我買回家之前也拖了很久，真是急死人了。他一臉渴望地看著我，又轉開視線，左顧右盼，手伸出來又縮回去，然後繼續扭扭捏捏。結果他那天沒有買我，垮著肩膀走掉了。』

『隔天他又來了，在我面前走來走去，不時偷瞄著我。只要有人經過，他就會轉開目光，等人走了又繼續看。他滿臉通紅，咬緊牙關，手伸出來的時候還會發抖。』

『不過，他最後還是沒買！這種情況整整持續了兩個星期。昴好不容易拿起我時，我都忍不住大叫「幹得好！去吧！衝向櫃檯吧！我會好好地教導你什麼叫做有女人緣的！」。』

『可是昂那個傢伙還拿了赫曼・赫塞的《車輪下》、夏目漱石的《三四郎》、笛卡兒的《談談方法》、康德的《純粹理性批判》，還有《初學者必備！溪釣入門手冊》，把我塞在一堆書裡面。真是太沒用了，又沒有人在乎他看什麼書。』

『回到家以後，他就跪坐在床上翻開我，還緊張地一邊四處張望。一聽到家人的腳步聲，他就驚嚇地闔上我，把我塞到枕頭下，簡直把我當成了色情書刊啊。』

阿緣小姐哈哈大笑。

『當時的昂真是噁心斃了。其實他現在還是很噁心啦。』

她說的話還真難聽，但我覺得阿緣小姐那句「昂真是噁心斃了」對那位膽顫心驚、緊張不已翻閱它的男孩充滿了親暱和關懷。

所以才說越沒用的孩子越惹人憐愛吧。

話說回來，那樣瀟灑帥氣的赤星學長竟然會讀培養女人緣的教學書籍，甚至隨身攜帶。

我還沒消化完這個出人意料的事態，身穿足球社練習球衣的赤星學長就一邊走來，一邊張望著四處的地面。

看他那副拚命的模樣，似乎很焦急。

他是不是發現書不見了，所以才跑回來找？

他蹺掉了社團活動嗎？體育社團應該很嚴格吧？這本書對他那麼重要嗎？

我腿上的阿緣小姐滿意地叫道：

『唷，昴，你終於來接我啦？很好很好。』

赤星學長看到我坐在花壇邊，當場呆若木雞，露出了像是怯懦又像是戒備的表情。

雖然他跟蹤我好一陣子了，但這還是我們在妻科同學教室那場騷動之後第一次打照面。

赤星學長很快就重新站好姿勢，用手指撥了撥瀏海，換上一副瀟灑帥哥的表情。

「嗨，好一陣子沒看到你了，眼鏡男。」

聲音還裝得莫名帥氣。

不對吧，我每天都會看到你。

「學長好。」

我自然地回答之後，赤星學長突然睜大眼睛。

「！」

他的視線盯著我的腿上。

穿著薄荷綠加白色星星圖案內衣褲的可愛鮑伯短髮女孩，用豪邁的聲音說：

『唷，辛苦啦，昴。以後跑步的時候可要注意，別再讓我從口袋裡掉出去囉。如果我不見了，你一定會哭到眼睛紅腫唷，昴。』

赤星學長聽不到這個聲音，他只是一個勁地盯著我腿上的阿緣小姐，用高八度的聲音說：

「那那那那那那那本書……」

「我是在這裡撿到的，這是學長的書吧？」

聽到我這句話，赤星學長跳了起來。

「不、不是！那才不是我的書……」

他瀟灑帥氣的表情蕩然無存。

「不是嗎？」

「唔唔唔～不是這樣啦……」

「所以這確實是學長的書囉？」

「也不是這樣啦……我、我對那本書有印象，大、大概是我朋友的吧。應該是這樣沒錯，嗯。先讓我保管吧……」

赤星學長急得滿頭大汗。

他顯然不想讓人知道他會看女人緣教學書籍，但又想要把書拿回去，心裡正在激烈地天人交戰。

『你太愛面子了，昴，真是拿你沒辦法。』

阿緣小姐悠哉地說道。

她一定很了解赤星學長的個性，也接納了他的這一面。我忍不住笑了，把阿緣小姐朝赤星學長遞出去。

「我看到這本書從學長的口袋裡掉出來。這應該是很寶貴的書吧。還給你。」

聽到這句話，赤星學長又跳起來，臉色漲得通紅，頭頂都快要冒煙了。

接著他無力地跪倒在地，我愕然地上身挺直。

「那、那個，赤星學長……」

赤星學長從我手中接過阿緣小姐，緊緊抱在懷裡，大叫著「啊啊啊啊啊啊」。

「我毀了啦啊啊啊！雖然我趁著升高中而成功地轉型，打造出足球社王牌兼瀟灑帥哥的形象，其實我一直拚命讀女人緣教學，摺角做了一大堆記號！直到現在每晚睡前還會朗讀一段啦！」

「真、真的嗎？啊……書裡確實有很多地方做了記號……」

『昴，你自己都說出來了喔。』

阿緣小姐哈哈大笑。

「唔唔唔……眼鏡男，你看到深受女生歡迎的學園偶像竟然是這樣，一定幻滅了吧。」

「不，沒這回事，請別擔心。」

我又沒有崇拜過赤星學長。

看到赤星學長準備用頭撞地，我急忙拉住他，極力勸說：

「總之請你先站起來啦，赤星學長。如果被人看到你這個樣子，會出現不好的傳聞喔。」

這時圖書室裡有人說：

「咦？你有沒有聽到什麼聲音？」

赤星學長大吃一驚，趕緊站起來，跟我一起躲進一間空教室。

身穿球衣坐在椅子上的赤星學長依然緊抱著阿緣小姐，深深低下頭去。

「我……在國中時參加棒球社……剃了小平頭，個頭又小，技術也是社團裡最爛的，每次站上打擊區都被三振，擔任守備還刷新了社團裡的失誤紀錄，不只學長看不起我，連同年級的同學，甚至是學弟，都嘲笑我是遲鈍的烏龜……」

赤星學長邊講邊掉淚，大概是想起了當時的痛苦回憶。

阿緣小姐說：

『別哭啦，你一哭就更噁心了。』

不過，既不愛出門又不擅長運動、升上高中也沒有長高的我聽到這番話，倒是很有共鳴。

我不禁覺得，赤星學長面對這些打擊還願意待在體育社團繼續努力，真的很了不起。

「女生根本不想理我，相較之下，坐在我後面的男生長得高，又會運動，非常受女生歡迎，他的座位旁邊總是圍繞著不斷尖叫的女生。我想回到座位還會因為女生們擠成一團而拉不開椅子……我不好意思叫她們讓開，只能尷尬地站在桌子旁邊，結果那些女生還說『赤星很陰沉耶』、『像地縛靈一樣，真噁心』。」

哇塞，我聽得都想哭了。

『的確很噁心啊。一個頂著和尚頭的矮子不發一語地靜靜站在人家身後，還露出怨恨的眼神，這也太噁心了吧。』

阿緣小姐毫不留情地說道，可是在這種場合確實很難開口嘛，唉。

「每次我的名字被叫到，大家就會嘲笑我說『竟然取了赤星昴這麼帥的名字，跟本人也差太多了吧？』、『一點都不適合』。女生們的嘴更毒，那時的我光是看到女生就會怕得縮起身子，花稍的女生更是令我怕得不得了。我一直擔心會聽到更傷人的話，成天都戰戰兢兢的。」

赤星學長的自白讓我聽得胸中隱隱作痛。

的確，我也有過類似的經驗。

「我想要改變這麼軟弱又丟臉的自己，想要像坐在我後面的山田一樣被女生的笑容圍繞。我打從心底這樣期望。」

原來他後面座位的帥哥叫山田啊。好俗的姓氏。

「有一天放學回家時，我在車站的書店發現了這本書。一看到書名和封面，我就像全身通了電一樣。就是這個！我深信這本書就是我現在最需要的教導。」

『我也是，我一眼就能看出你有多需要我。因為你又遜又噁心嘛，啊哈哈。』

別再「噁心噁心」的說個不停啦，阿緣小姐。我感覺好像是自己被罵了。

「話雖如此，但我實在拿不出勇氣。封面畫著一個只穿內衣的女孩在微笑，書名還是《一切都是為了女人緣》，拿這種書去櫃檯結帳一定會被女店員嘲笑的。」

『我都說你想太多了，你就是這樣才噁心啦。只要態度夠帥，就算把《淫縛貴夫人》、《換妻公寓》、《輕井澤強姦～母女與女祕書的三倍肉地獄》放在櫃檯上，女店員也會覺得你很瀟灑。』

等一下，那些全是成人書刊耶。如果高中生想買這些書，無論帥不帥都會被阻止吧。

總而言之，赤星學長努力了兩週才買下阿緣小姐，回到家翻開第一頁讀起前言開始，他就深受感動。赤星學長一邊哭一邊念出他已經銘記在心的字句：

——一切的痛苦都是源自「沒有女人緣」。

——缺乏女人緣以外的任何不幸，在得到女人緣之後都能改善（至少會變得可以忍受）。

這本書極力鼓吹，無論如何都得增加自己的女人緣，女人緣比靠著宗教得到幸福、獲得超能力、做生意賺大錢都更有威力。

「我覺得很有道理。我的痛苦確實是因為沒有女人緣才造成的。」

——那麼，為什麼你沒有女人緣呢？

赤星學長滿心期盼地翻到下一頁，卻遭到了致命的打擊。

為什麼你沒有女人緣呢？

一定是你太噁心了。

頁面中央那一行清晰的粗體字就像一支利箭刺穿了赤星學長的心臟。

我也忍不住按住自己的胸口。

「原來如此，我不受女生歡迎都是因為太噁心。這樣啊，原來是這樣。到了這一刻，我才意識到自己是因為膽小和廉價的自尊心才一直沒發現早就該發現的真理。我終於開了眼。」

『喔喔，昴，我就喜歡你這種率直的個性。之後你乖乖聽了我說的話，認真思考，勤勉實踐，你非常努力喔。』

阿緣小姐的語氣就像老師在誇獎笨學生。

我不禁想像有個鮑伯短髮的可愛豐滿女孩摸著赤星學長的頭安慰他。

阿緣小姐豐腴的下唇閃閃發亮，真是嬌豔欲滴。

正如阿緣小姐所說，赤星學長非常努力。

為什麼自己沒有女人緣？

該怎麼做才好？

他仔細研讀書中內容，每次阿緣小姐發問，他都會自己思考，拿出行動。

『我得把話說清楚，所謂的照你的方式努力就會有成果，可不是代表你拿出毅力去實踐書上的東西就會有成果喔！如果你照本宣科，變成一個「照著課本搭訕撩妹的男人」，可是會越來越不受歡迎的喔，因為這種男人也很噁心嘛。』

『你得先想清楚，你為什麼想要有女人緣？你想要有怎樣的女人緣？對你來說有女人緣是怎樣的狀態？是像山田那樣身邊老是圍繞著一群尖叫的女生嗎？若是這樣，你該怎麼做才能達到這個目標？』

『會被女生覺得噁心的男人通常都很笨，不然就是很膽小。而你又笨又膽小，可說是雙重障礙，這樣當然很噁心。』

『那麼，你的笨和膽小，哪一種是可以改變的？』

『罷了，你的笨已經深入骨髓了，還是先把目標訂為「雖是個樂天的笨蛋，卻是又帥又受歡迎的男人」吧。其實這種類型之中，也有原本很聰明卻故意裝傻的人喔。』

『你不要想太複雜的事……呃，我可不是叫你不要認真反省、不要用心思索喔。一直在小地方糾結只會讓你駐足不前，總之先勇敢地去實踐吧。』

或許是因為赤星學長開始挺直畏縮的身子、解放了心情，同時也剛好遇上成長期，他一下子變高了不少。他退出棒球社後把頭髮留長，去美髮院剪了一個時髦的髮型，美髮師還誇他：

「哎呀，你挺帥的嘛。」

這讓他增添了不少自信心。

升上高中以後，他加入了足球社。

雖然他揮棒和接球的技術爛到可憐，用腳運球卻很有天分。

赤星學長當然也很努力練習，最後終於擠進正式選手的行列。

從此以後社團活動就開始變得有趣了，就算練習量是別人的兩倍、三倍、四倍，他也完全不覺得辛苦。既然所有努力都會得到回報，自然能感受到樂趣。赤星學長能看見這一點，可說是相當幸運。

「不知不覺間，來幫我加油的女生越來越多，我射門得分時都會有很多女生尖叫。」

情人節的時候，他還收到了一大袋巧克力，重到讓他幾乎抱不動。

『昴每天都吃巧克力，吃到都流鼻血了。體重也增加了不少，為了恢復原本的狀態，他每天拚命訓練，整個初春每天回家時都是精疲力竭。他還說……有女人緣真的很辛苦……』

——好像不太對。

這個疑惑漸漸浮上心頭。

「現在有很多女生會對我尖叫，還有人來向我告白，聯誼時也很受歡迎……可是，我總覺得……胸中像是有冷風吹過，感覺有些寂寞。」

赤星學長消沉地說道。

被他抱在懷中的阿緣小姐像點頭如搗蒜般贊同地道：

『昴，這表示你已經進化到有女人緣的下一階段了。二村老師不是也說過嗎？得到了想要的女人緣之後反而覺得難受。你想要的不是被很多女生喜歡，而是希望被一個女生所愛。只有那位唯一的女孩才能填滿你內心的空洞。』

她說的話聽起來充滿哲理。

一個女生?咦?咦?難道是妻科同學?

咦?咦咦?可是我在二年級教室聽到赤星學長和同學聊天,他似乎只把追求妻科同學當成提升自己評價的遊戲。

就是因為這樣,我才會感到很不舒服,還在大庭廣眾之下和赤星學長針鋒相對。

「我會認識早苗,是因為她在武川老師那件事之後成了校園裡的名人,所有人都在談論她。我一開始只是覺得她很有意思,看到她就覺得『喔喔……就是那個女生啊』。」

——喔?長得滿漂亮的嘛。

赤星學長對妻科同學的第一印象只有這樣。

接著他看見她挺直腰桿、筆直望著前方,用迎戰的表情走路時……

——這女生很強悍耶。

他開始這麼想。

——也是啦，她連老師都敢揍，想必很強悍。

「可是……我第二次看到早苗時，她嘴脣抿緊，有些顫抖，肩膀好像也在發抖……看起來像是死命忍著不哭……」

朋友問她「小花，妳沒事吧？」，她若無其事地回答：

——嗯，沒什麼大不了的。只是覺得被大家一直盯著看有點煩。

「當時我覺得……這女生的個性一定很難搞。就算心裡難過或寂寞的時候，也不想表現給別人看，裝出一副沒事的樣子，一個人硬撐……」

赤星學長停止哭泣，露出一副感慨的表情，像是在回想當時深深烙印在眼中、那個強悍率直又難搞的女孩的模樣。

他彷彿看到了以前從未見過的人。

「這本書的作者啊……」

赤星學長把阿緣小姐拿給我看，有點害羞地繼續說。

「曾經說過他特別喜歡難搞的女生，因為『這種女生雖然自卑、膽怯，或是笨得令人厭惡，卻能正視自己的缺點，努力地克服了缺點，或是試圖去克服缺點，跟這種女生聊天很愉快』……他還說『認真對抗自己缺點的女生就像是志同道合的夥伴』……」

赤星學長的表情漸漸變得澄澈。

他流露美麗的眼神，用溫柔的語氣說著。

「啊啊……我突然明白了……書上寫的難搞女生原來就是這個樣子啊……」

於是赤星學長愛上了妻科同學。

「我也明白了為什麼作者不想被很多女生喜歡，只想被一個女生所愛。然後我覺得，如果這個女生就是早苗不知該有多好……一想到這裡，我突然覺得滿心期待，之前那種空虛寂寞的心情也全都消失了。」

赤星學長的臉上浮現了笑容。

此時的他看起來真是個爽朗的帥哥。

這副笑容讓人很有好感。

『嗯嗯，你就這麼愛上早苗了，不過你後來的表現實在太糟糕了。』

阿緣小姐用大叔的語氣說道。赤星學長雖然聽不見這個聲音，卻沮喪地垮下了肩膀。

「可是早苗對我卻完全沒有意思。雖然我堅持紅色路線，繼續死纏爛打，但她好像很困擾的樣子。」

「紅色路線？」

是說他明知人家很困擾，那就應該停止才對啊，為什麼還要繼續糾纏呢？

「這是指超級戰隊啦，隊伍裡有五種不同顏色的戰士。這本書裡面寫到，要在不同的場合使用自己體內的超級戰隊，有時要像紅戰士一樣積極熱情，有時要像藍戰士一樣冷靜，有時要像綠戰士一樣誠實，有時要像黃戰士一樣樂觀，還要傾聽自己體內的粉紅戰士的聲音。」

所謂傾聽粉紅戰士的聲音，應該是指要用女孩子的心情去思考。講得挺有道理的。

「粉紅戰士說，至今對女生最管用的就是紅戰士，應該要用紅色路線努力進攻，我才會照著做。」

「這個粉紅戰士八成是戴著粉紅色面罩的黃戰士吧。」

『受不了耶。我明明一直告誡你，不要當個自大的笨蛋，不要當個噁心的笨蛋，不要表現得太飢渴，結果你卻變得越來越噁心。』

阿緣小姐語氣不悅。

赤星學長的頭垂得更低了。

「原來我是被黃戰士耍了啊……現在早苗一定覺得我很噁心吧……不過，有一件事我實在無法接受。」

赤星學長用非常沉痛的語氣說道。

「那就是……早苗的男友竟然是個噁心的眼鏡男！」

「等一下！」

我站起來大喊。

叫我眼鏡男就算了，噁心是什麼意思？

「爽朗的帥哥才不會當面批評別人噁心咧！」

聽到我的抱怨，赤星學長也站了起來，回嘴說：

「不，你只是沒有意識到，其實你真的很噁心。我很好奇早苗的男友是怎樣的人，就偷偷觀察了一陣子，結果看到你在上學時、放學時、在學校走廊上的時候老是在自言自語，還會笑咪咪地說些噁心的話，譬如『我喜歡妳』、『我愛妳』、『我的女友只有妳一個人』、『真想快點翻妳』、『要再一起洗澡嗎？』之類的。我聽得寒毛都豎起來了。」

「這、這是誤會啦……」

我才不是自言自語，我真的是在和女友說話。

「我的女友就在這個地方。」

我摸著現在空無一物的胸前口袋，赤星學長卻露出更反感的表情。

「你在圖書室的時候也一直在自言自語，像是笑咪咪地、眼睛閃閃發亮地站在書櫃前，抬手說著『嗨，你好嗎？』、『早安，好久不見』。」

「那也是誤會啦……」

因為我聽得見書本的聲音嘛。

學校的書本都會很親切跟我們打招呼。

如果我這樣告訴他，他一定會覺得我更噁心吧……嗚嗚……

『就是啊！就是啊！你才是最噁心的啦，眼鏡少年。』

連阿緣小姐都愉快地大喊。

咦！阿緣小姐明明知道我能跟書本對話，為什麼不幫我說話啊？

難道我真的很噁心嗎？我一向很小心不讓別人發現我在跟書本說話，同學們也都接受了我這種形象，不以為意地開玩笑說「榎木得了把書本當成老婆的中二病」，難道他們背地裡都覺得我很噁心嗎？

赤星學長握緊拳頭，沉重地喊道：

「你明明這麼噁心，為什麼還能活得那麼輕鬆自在？你都不會為自己的噁心感到丟臉嗎？都不會想要隱瞞嗎？而且你竟然還能得到早苗的歡心，跟其他人也都相處得很好，為什麼大家知道你這麼噁心卻都不以為意地跟你相處啊？」

他雙眼圓睜，彷彿看見了某種令人不敢置信的生物。

啊，太好了。

原來大家都接納了我。

看到赤星學長這麼激動，我反而冷靜下來了。

「我還以為自己很低調呢。」

我面帶苦笑，溫和地回答。

「不過我確實不會刻意隱瞞，因為我從懂事以來就是這樣了，而且這已經是我生活的核心，我根本沒想過這樣到底是好或不好。」

能聽到書本的聲音。

能和書本對話。

這種事在我的生活中是理所當然的，我永遠都是書本的朋友和夥伴。

今後一定也會繼續維持下去。

我的苦笑變成了溫暖的笑容。

赤星學長看見我的變化，也跟著變得平靜，不再那麼激動焦躁了。

「……眼鏡男，你一定不會擔心別人怎麼想、自己在別人的眼中是什麼樣子吧……所以你才能拋開別人的想法，憑著自己的想法來行動……既輕鬆自在又噁心……所謂的『噁帥』說的一定就是像你這樣的人吧……」

這算是誇獎嗎？

赤星學長朝我低頭鞠躬。

他的動作就像體育社團的道歉範本一樣標準，非常誠懇地向我道歉。

「很抱歉跟蹤了你。我本來覺得，如果能變得像你一樣噁帥，或許就能吸引到早苗了，但是以我的程度想要達到你的境界似乎還很遙遠。被我這種人喜歡，早苗一定也覺得很不舒服吧……我……我……」

赤星學長知道自己必須放棄，卻又捨不得放棄，肩膀微微地顫抖著。

阿緣小姐鼓勵他說：

『別把自己看得那麼扁，不然你又會變得像以前一樣膽小喔。如果紅色路線行不通，那就用藍色路線再試一次嘛。』

然後又說：

『而且眼鏡男已經有個超凶悍的可愛小女友，她很會吃醋，動不動就詛咒人，可愛得不得了，眼鏡男也很愛他的小女友，每晚都跟她一起睡呢。根據我看到的情況，早苗應該還是單身。怎樣，沒錯吧，眼鏡男？』

哎呀，被看穿了。

沒辦法，畢竟我和夜長姬卿卿我我的模樣都被看見了。

而且我也誤會了赤星學長的誠意。

「對不起，赤星學長。我也有件事得向你道歉……」

我的腦海裡突然浮現妻科同學的臉。

——不解釋……也沒關係。

她臉頰泛紅，低著頭這麼說。

——我真的很怕赤星學長繼續糾纏下去……讓他繼續誤會你是我的男友，日子應該會比較好過吧……

她說出這句話的語氣不太高興。

但又帶著一絲悲傷。

我帶著惶惶不安的心情，猶豫地開口。

我告訴了赤星學長，我不是妻科同學的男友。

◇　◇　◇

隔天放學後，我在走廊上等待妻科同學。

我已經傳 Line 告訴她我有話要對她說，請她到這裡來。

「眼鏡男，你今天要和小花約會吧？小花從中午開始就不斷地看手機，而且一直在撥頭髮。」

妻科同學的朋友揶揄地對我這麼說。

「呃，這個……」

我正覺得不知所措時，妻科同學慌慌張張地出現了。

「我已經說過了，不是這樣啦！」

妻科同學如此回答，然後拉住我的手。

「走吧，榎木。」

她不由分說地把我拖走。

「唷，小花和眼鏡男真親熱。」

「就說了不是嘛！」

「有什麼關係嘛，你們不是在交往嗎？好好享受約會吧～」

「討厭啦！」

妻科同學板起面孔，拉著我的手走到人少的地方，她停下腳步，放開手之後，扭扭捏捏地問道：

「你有什麼話要說？」

哎呀，真是的，叫我怎麼說嘛。

但我非說不可。

「這個星期六上午，妳有空嗎？」

「咦？呃……嗯。」

妻科同學好像有點臉紅，嘴角也稍微上揚了。

「怎麼了？你又要借筆記嗎？」

她一臉開心地問道。

「足球社本週六要在學校操場比賽，妳要不要去看？」

「為什麼？」

妻科同學的表情顯示出她聽不懂我在說什麼。

「這場比賽很重要，對手是打進全國大賽前八強的隊伍，赤星學長希望妳去幫他們加油。」

「為什麼你要當赤星學長的說客啊！」

妻科同學提高了音量。

「對不起，我告訴了赤星學長妳沒有男友。擅自說出去真的很抱歉。但是我想告訴妳，赤星學長不像我想像得那麼輕浮，其實他的個性正經又單純，對妳也是真心的。他之前只是不知道該怎麼追求妳，所以做得有些過火，他已經好好地反省過了。他說今後不會再做出惹妳討厭的事，希望妳能先看看他努力比賽的模樣，他一定會為了妳贏得比賽。」

妻科同學默默地聽著我說話。

但她的表情越來越僵硬，眼神也越來越黯淡。

「……我不去。」

妻科同學終於開口說話了，語氣卻很冰冷。

她瞪了我一眼，情緒爆發地大喊：

「我絕對不去！榎木真是大笨蛋！你的神經未免太粗了！你最好被書角砸到，昏倒一整年！」

然後她就跑走了。

「妻科同學！」

我本來想追上去，但她一下子就跑得不見人影。

怎麼辦？我惹她生氣了。

要用 Line 道歉嗎？

不好，她一定會立刻封鎖我。還是當面談吧。乾脆直接去她家……不行，這樣會讓人覺得很有壓力。

我正在走廊上苦思時……

「結，你跟妻科同學怎麼了？」

手腳纖長、容貌俊美的王子從妻科同學跑掉的方向走了過來。是悠人學長。若迫也在他身邊，他們大概正要去社團。

「她聲勢驚人地在走廊上奔跑，嘴裡還喊著『榎木大笨蛋！』，好像沒看到我們兩人。」

悠人學長看著我說道，若迫的表情也很擔憂。

我皺起臉孔，抱著頭說：

「她說我……神經太粗了。」

◇ ◇ ◇

「這件事確實是你不對，妻科同學真可憐。」

來到了矗立在校園中、管弦樂社專用的音樂廳的貴賓室，我向悠人學長和若迫說了妻科同學和赤星學長的事情之後，悠人學長很乾脆地如此斷言。

彷彿在表示這個結論不容質疑，他還苦笑著說：

「書本的心情你都能敏銳地注意到，對人類女孩的心情卻這麼遲鈍，太不體貼了。」

我確實惹得妻科同學生氣又難過，只能垮下肩膀，什麼都無法反駁。若迫看見我這個模樣就露出意外的表情。

悠人學長用一種樂在其中的口吻向若迫問道：

「你怎麼想？」

「……我可能比榎木更不懂女孩子的心情。」

他先說了這句話，然後老實地回答：

「但我覺得，妻科同學應該不希望榎木幫她和赤星學長牽線吧。」

「說得一點都沒錯。連正經八百的若迫都看得出來，為什麼你一點都不懂呢？

虧我還打算把螢交給你，現在看來我得重新考慮了。雖然你能讓書本幸福，但你似乎會讓女孩子哭泣、陷入不幸呢。我還是勸螢放棄你吧。」

幹麼在這種時候提到小螢……若迫聽得都目瞪口呆了。這樣不是會害人誤會我對悠人學長的妹妹心懷不軌嗎？

悠人學長也真是莫名其妙，他不久前還說很樂見我成為他的妹婿，結果這麼快就改口了。

不過這跟我和妻科同學的事情又沒有關係。

悠人學長看到我不悅地嘟起嘴巴，戲謔地瞇起眼睛說：

「也罷，畢竟你已經有了相愛的女友，當然不會把其他女孩視為戀愛的對象嘛。」

若迫再次露出訝異的表情。

「榎木有女友了？」

「嗯。」

「是個很可愛、很會吃醋的小公主，結非常溺愛她，但是以後不太可能跟她結婚或成家。」

悠人學長又多嘴了。

若迫一定會以為我和女友身分地位相差太多吧……

「我又不在意那種事，反正我愛的就是現在的她。」

這種時候我非得反駁不可。悠人學長聽完後眼神變得世故：

「……對你來說，最重要的還是書本吧。不過人生是很漫長的，我母親甚至跟三個對象生了孩子呢。難得你和妻科同學這麼迷人的女孩有緣分，不妨考慮一下女友之外的對象吧。」

然後他又聳聳肩，笑著說：

「你女友聽到這些話一定會詛咒我吧……但我還是建議你認真地想一想妻科同學的心情，想想她希望你怎麼做，她是怎麼看待你的，還有，也想想你應該怎麼對待她，要跟她親近到什麼程度，如果她需要你的幫忙，你會不會幫助她。」

悠人學長說的話重重地落在我的心頭，刺痛了我的胸口。

別人看得那麼清楚的事情，為什麼我卻一點都沒有注意到呢……如果我能像看書一樣客觀地看待自己的事，一定能避免很多過錯吧。還是說，我們不管怎樣都會猶豫、都會犯錯呢？

我感謝悠人學長陪我商量，然後離開了有豪華沙發和桌子的貴賓室。

若迫追了出來，對我說：

「你幫過我的忙，如果這次有我能做的事，我也想幫你的忙。」

我感到一陣溫馨，笑著回答：

「謝謝你。」

但我很清楚，這件事一定得由我自己找出答案。

◇ ◇ ◇

『……結，你今天好奇怪……』

我一回家就穿著制服直接躺在床上，一直盯著天花板，放在蕾絲手帕上的夜長姬，不安地對我說。

她今天又被丟在家裡，我回來之後她的心情依然很差，冰冷而不悅地說：

『……今晚……不准碰我……也不准翻我。這是丟下我的處罰……』

但她看到我一臉消沉地說「對不起」，嘆著氣坐在床上，沉吟著在床上翻來覆去，就發現我和平時不太一樣。

『結……』

她叫得越來越小聲，越來越無力。

雖然夜長姬很愛吃醋，但她的個性其實很細膩又很膽小……

她是這世上獨一無二的、我最愛的書。

只屬於我的公主。

正如悠人學長所說，我不會把夜長姬以外的女孩視為戀愛的對象。

我不會像赤星學長那樣羨慕有女人緣的同學，也不祈求被很多女生喜歡或是被一個女生所愛。

因為夜長姬已經滿足了我所有的渴望。

——我絕對不去！榎木真是大笨蛋！你的神經未免太粗了！

被妻科同學痛罵的時候，我也沒想過她是因為對我有好感才生氣的，我只是為傷害了她而感到痛苦。

不過，被悠人學長點醒之後，過去我視而不見、充耳不聞的畫面和聲音又浮現在我的眼底和耳中。

我確實都看到了，確實都聽見了。

——我……拒絕了之前跟我告白的高二學長。

妻科同學曾經紅著臉轉開面孔，對我這麼說。

——因為今天榎木要來家裡，小花從昨晚就一直坐立不安呢～

皮皮的妹妹們天真無邪地這麼說過。

——不解釋……也沒關係。

妻科同學小聲地說她不在意被人誤會我們在交往。

——我知道了。要是別人再說什麼，我就當作沒聽見吧。

我這麼回答之後，她露出寂寞的表情。

——你知道皮皮的故事結局是怎麼寫的嗎？

湯米和安妮卡從窗戶望向隔壁的房子，看見皮皮吹熄了蠟燭。

妻科同學對我也有相同的感覺。

——聽不懂就算了，那只是我個人的感覺。我感覺你可能有一天會像燭火熄滅一樣、突然消失在我的眼前。

消沉地說完以後，她露出了勇敢而凜然的眼神。

——就是因為這樣，所以在你吹熄燭火之前，我會努力的，你好好地看著吧。

她帶著燦爛的笑容離開了。

——我才不告訴你咧~你自己去想吧~

當時妻科同學在想什麼呢？

我期望的是什麼呢？

先前不曾注意的畫面一幕幕出現，搞得我頭昏眼花，胸口鬱悶。

我的女友只有夜長姬一個。

我對著此時也在我身邊擔心得默不吭聲的纖細淡藍色書本發誓，我會一輩子保護妳。

我會永遠跟妳在一起。

我對妳的愛永遠都不會改變。

所以我想必沒辦法當妻科同學真正的男友，可是妻科同學和我共同經歷了皮皮的回憶，從某個角度來說，她對我很特別。我都知道，她看起來很強悍，但也有軟弱哭泣的時候，而且她一直為了改變自己而努力，是個難搞又可愛的女孩。

悠人學長問過我，要跟妻科同學親近到什麼程度，如果她需要我幫忙，我該幫到什麼程度。

這種問題很難一下子就做出結論，所以我只能持續地苦思。

『……結……你想翻我的話……也行喔……翻我吧……結……』

就算聽到夜長姬細若蚊鳴的聲音，我也無法做出任何反應。

◇　◇　◇

星期六，足球社比賽當天。

我吃過早餐，就準備出發去學校操場。夜長姬被留在家裡，但她一句話都不說。

『……』

她像是在拗脾氣，靜悄悄地躺在蕾絲手帕上。

我本來還以為她不想說話，但她卻小聲地喃喃說道：

『……結……你要回來喔……』

發現我竟然讓她這麼擔心，我就不禁感到心痛。

「當然，比賽一結束我就會回來。」

我如此回答，用小指輕輕摸了夜長姬的封面，就走出房間了。

操場上聚集了很多來幫赤星學長加油的女生。

赤星學長被妻科同學甩掉的消息已經傳遍全校了，女生們大概覺得赤星學長恢復單身正是她們的機會，所以他比以前更有女人緣了。

而且這次是要迎戰全國大賽八強的隊伍，也有很多男生來看比賽。

大家都很期待赤星學長打敗對手。

被妻科同學拒絕的隔天，我就去跟赤星學長說妻科同學應該不會來了。

——我惹妻科同學生氣了……都是我太無能了，對不起。

聽到我的道歉，赤星學長垮下了肩膀。

——這、這樣啊……不，這不是你的錯。早苗果然還是喜歡你吧。這麼說來反而是我的錯，我不該拜託你去做這種事。早苗會生氣是應該的，真抱歉，害你遇上這麼不開心的事。

他自己明明很難過，卻還向我道歉。

——算了，沒辦法。不過將來還有機會啦，先打好這場比賽，努力當個英雄吧，昂。

阿緣小姐也如此鼓勵赤星學長，又對我說：

——我想看昂的比賽，眼鏡男，你去幫我跟昂說一聲吧。

所以我在比賽開始前跑去找赤星學長，請他把阿緣小姐借給我，說比賽一結束就還給他。赤星學長一臉詫異，但還是從運動包裡拿出阿緣小姐交給我。

——不要跟別人說這是我的書喔。

他還特地提醒我。

我把書放在口袋裡，讓封面上的鮑伯短髮女孩的大眼睛一半露在外面，走進在操場外面加油的人群中。

兩隊選手走進操場，比賽開始。

赤星學長的狀況似乎不太好，他一直漏接隊友傳來的球，或是撞上對方選手而犯規，他在球場上似乎也為自己的失常感到茫然。

「昴學長是怎麼了？」

「他和平時不太一樣呢。」

來幫他加油的女生表情都漸漸黯淡下來。

我口袋裡的阿緣小姐叫道：

『喂！昴！認真點啊！』

接著她又懊惱地說：

『唉，完蛋了。昴很情緒化，而且還會影響到比賽表現。他心情好的時候跑得跟獵豹一樣快，接連不斷地進球，但是心情低落時就會變得比絨鼠更廢。』

我也緊張不已，高聲喊道：

「赤星學長，現在還是上半場耶！」

妻科同學不來看比賽果然讓他深受打擊。

昨天我在校舍門口遇見了妻科同學。當時她朝我看來，和我短暫地對望了一下。

我脫口叫道：

「妻科同學。」

她卻咬著嘴脣，像是沒聽到似地走掉了。

我是不是應該用更高明的手段幫妻科同學和赤星學長拉近關係呢？

可是妻科同學對我……

那我到底該怎麼辦呢？

對手已經領先兩分，赤星學長卻像殭屍一樣魂不守舍，我覺得這一切都是自己的錯，為此心痛不已，身體漸漸僵硬。

這時阿緣小姐對我吼道：

『喂，眼鏡少年，怎麼連你都變得頹廢啦！你一定覺得「學長打得這麼爛都是我害的～」，但你這種想法不只傲慢，而且一點用都沒有！無論是比賽打得爛，或是自己有多噁心，都是昴自己必須面對的問題吧！』

阿緣小姐繼續大喊：

『早苗的事也一樣！個性難搞的女生本來就不可能輕易地追到手！必須歷經千辛萬苦地追求，一再地失敗，在地上滾來滾去喊著「沒希望啦！我要放棄啦！」卻還是放棄不了，只能從頭開始辛苦地追求——男人就是要這樣才能一點一滴地成長，變得越來越帥啊！就算努力到最後還是被甩了，這些努力也不會白費，至少會讓自己變得很帥。』

阿緣小姐嚴厲地斥責我，還邊幫赤星學長吆喝加油。

她深信赤星學長一定能振作起來。

『早苗已經夠難搞了，但昴又笨又噁心，動不動就意志消沉，恢復之後又立刻得意忘形，一副自以為了不起的樣子，真是個難搞至極的蠢蛋，不過呢！』

赤星學長又漏接了一球。

但他還是不肯放棄地繼續追。

『昴承認了自己的噁心，而且試圖改善自己的噁心。自從那一天在書店把我買回來以後，他一直不斷地努力喔！』

赤星學長搶到了球，朝著敵方的球門猛力踢去。

阿緣小姐大喊：

『我最愛的就是像他這樣的傢伙啊啊啊啊啊！』

球撞到門柱而彈開，滾回球場，赤星學長依然窮追不捨。

如同我聽到赤星學長叫妻科同學試試看能不能把他揍飛，我就生氣地站出來說妻科同學才不會隨便動手揍人一樣。

阿緣小姐也是為了赤星學長而真心動怒。

她說我認為自己害了赤星學長只是傲慢的想法，叫我不要看不起他，也不要可憐他。

因為我根本不了解他。

當我感覺阿緣小姐的眼神變得冰冷時，觀眾之中傳出一個聲音。

「不要放棄啊啊啊！再來一次！」

這聲音尖銳得像是一記耳光。

但又充滿力道，非常拚命。

這個聲音……

難道……

我愕然地望向觀眾，看見一位身材苗條、長相凜然的女生。

她豎起眉毛，臉頰漲得通紅，喊得比誰都大聲。

是妻科同學！她來了！

在球門前搶球的赤星學長是不是聽見了妻科同學的聲音呢？

那鍛鍊結實的雙腳搶到了球。

接著他抬腳用力一踢。

竟然從那裡射門！

太勉強了！

大家一定都是這麼想的，可是那顆看似會踢歪的球卻沿著弧線前進，從慌張撲來的守門員的手指前端鑽進了球門。

觀眾頓時歡聲雷動。

太棒了！赤星學長得分了！

阿緣小姐也在我的口袋裡興奮不已。

『好耶！太好了太好了！要開始反攻囉，昴！眼鏡少年，你看到了嗎！那就是我的昴啊！很帥吧！帥翻了！』

「嗯，剛才那記射門真的很帥！太帥了！」

而且妻科同學也來了。

這不是幻覺，此時我的眼睛依然能看到興奮得臉頰泛紅、雙手握拳的妻科同學。

上半場結束了，下半場才剛開始，赤星學長又射門得分了！

觀眾都激動不已，所有人都呼喊著他的名字。

「昴！」

「昴！」

「昴學長！」

阿緣小姐也跟著大喊：

『昴！』

妻科同學沒有像剛剛那樣大喊，但還是微微噘起嘴巴，一臉認真地觀望著赤星學長比賽。

赤星學長在第一次得分之後就不再看著妻科同學的方向，而是全神貫注地追球、搶球、射門，被擋下之後又繼續跑去追球。

他清爽的頭髮飛揚，眼神專注銳利，球衣沾上汗水和泥沙，不過真的很酷！真是酷斃了！赤星學長！

敵方隊伍開始對赤星學長嚴密防守，赤星學長想要甩開對方，動作越來越激烈，犯規的次數也跟著增加。

裁判舉起黃牌警告，再吃一張黃牌就得離場了。

比賽時間所剩不多，現在是二比二同分，場上的選手和場外加油的觀眾都非常緊張。

『加油啊，昂，早苗正在看著你喔！現在的你是無敵的紅戰士！你一定行的，加油！』

阿緣小姐的語氣也非常有力。

比賽最後三分鐘。

赤星學長背對著觀眾叫道：

「早苗！我要獻給妳反敗為勝的一分！」

妻科同學睜大眼睛。

阿緣小姐驚慌地喊道：

『不、不行啦！不能這樣啦！昂！』

咦？咦？赤星學長如果拿到反敗為勝的一分會怎麼樣？我也不由得跟著慌了起來。

來幫赤星學長加油的人聽到這句充滿戲劇性的發言都紛紛喊出「嗚喔喔喔！」或「呀啊啊啊！」，喊著「加油！」和「昴！」的聲音也越來越高亢。

比賽即將結束的球場上瀰漫著狂熱的氣氛，赤星學長在球場中央化為火焰包圍的無敵紅戰士往前衝刺。

哇塞！希望赤星學長能獲勝。

可是赤星學長如果真的像預告一樣得分了，會不會演變成不好的結果呢？

妻科同學看起來好像很慌張，阿緣小姐也在我的口袋裡緊張地大叫：

『昴！你又選錯邊了啦！繼續聽黃戰士的話只會讓你變成噁心的笨蛋喔！現在應該變成冷靜的藍戰士，拿下反敗為勝的一分之後，對早苗說「謝謝妳來看我比賽，我能獲勝都是因為妳」然後瀟灑離去才對啊！這樣早苗一定會對你產生好感的。事情好不容易有了轉機，你千萬不要自己搞砸啊！昴！昴！冷靜下來啊！重新考慮一下吧！不能走紅色路線，要走藍色路線啊！不要再聽黃戰士的，要聽粉紅戰士的啦！』

就在比賽結束的哨音響起時，赤星學長用盡全力朝球門踢出一球。

震耳欲聾的歡呼聲和阿緣小姐的聲音都消失了。

赤星學長奔向妻科同學。

因為後方擠滿了人，妻科同學無路可逃，她一臉焦急地四處張望。

赤星學長跑到她面前，笑容滿面地說道：

「早苗！當我的女友吧！」

『啊啊啊啊啊！他真的說了！……咦？眼鏡少年？』

「給我等一下！」

我踏上球場，朝赤星學長他們跑過去，一邊大聲叫道。

妻科同學睜大眼睛，露出快要哭出來的表情，嘴脣的動作像是在說「多管閒事」。下一瞬間，她就挑起眉梢叫道：

「榎木，不要過來！」

「呃！哇啊啊……」

我衝得太猛，一下子煞不住車，差點趴倒在赤星學長面前，還好勉強穩住了。

「榎木，待在那裡，不要動！也不要說話！」

可、可是……再這樣下去，妻科同學就得在大庭廣眾之下面對赤星學長的告白了。

如果她拒絕，事情又要鬧大了，或許還會惹那些期待她答應的人們不高興。要控制住場面的最好方法就是我以妻科同學男友的身分站出來說話……可是，這真的是最適當的方法嗎？就算控制了場面，也會再次傷害到妻科同學吧……想到這裡，我的腳就凍結了，正要說出口的話也卡在喉嚨裡。

不要動。

不要說話。

如此要求的妻科同學已經像個受傷的小孩，雖然表情還在強撐，眼眶卻溼潤了。

赤星學長看見妻科同學這副模樣，再也按捺不住，往前邁出一步，說道：

「我對妳的愛勝過眼鏡男幾百倍！如果我有什麼地方讓妳討厭，我都願意改，所以請妳選擇我！」

赤星學長很有男子氣概地向妻科同學伸出右手。

阿緣小姐呻吟著：

『唔唔唔唔～～～～』

妻科同學抿緊嘴脣，露出不知所措的眼神。我……我……

就在此時，一個動聽的聲音傳來。

「真不錯，我也想和妻科同學交往呢。」

操場上所有人的視線都轉向聲音傳來的方向。

俊美的容貌，頎長的身材。兼具優雅和領袖魅力，既是校園王子又是姬倉集團會長的公子。

悠人學長輕鬆地微笑著，望向眾人。

在短暫的寂靜之後，觀眾們發出今天最轟動的尖叫。

「嗚喔喔！悠人學長竟然也喜歡妻科同學！」

「咦咦咦咦咦！悠人學長向妻科同學告白了？」

「真的假的！妻科同學太厲害了！」

妻科同學不只是吃驚，她根本整個人都呆掉了。

接著又有另一個聲音說：

「……我也想當妻科同學的男友候選人。」

是若迫！

若迫一定察覺到了悠人學長的用意，他會這樣說一定是為了協助悠人學長，也是為了報答我的恩情，因為他是個守規矩又正經的人。

他雖然語氣淡漠，但似乎還是有些害羞，臉上微微泛紅，讓那句話變得更可信了，所以觀眾們又喧譁起來。

「這是妻科同學的第四個男友候選人了耶！」

「那不是上次學年榜首的若迫嗎？足球社王牌、校園王子，再加上學年榜首的優等生，這陣容也太豪華了吧！雖然裡面還摻雜了一個樸素眼鏡男。」

「什麼！這場面簡直就像女性向遊戲一樣夢幻啊！所有女生憧憬的對象都聚集在眼前，太讓人羨慕了啦！」

「這就是傳說中的眾星拱月嗎！」

「妻科同學太厲害了！」

「真是太受歡迎了！簡直是校園女神啊！」

周圍人們不斷地叫著「妻科同學好厲害！」，赤星學長的示愛引起的轟動和對妻科同學會如何回答的好奇都被拋到九霄雲外了，每個人都用「好厲害！好厲害！」的讚嘆眼神注視著妻科同學。

「竟然能被那『三個人』搶著要！」

「每個都太出色了，叫人怎麼選嘛。」

「全部都收下不就好了。」

「就是啊，就是啊，後宮最棒了！」

啞然無語的妻科同學露出頭痛的表情，呻吟著：

「唔唔唔……」

赤星學長還搞不清楚狀況，一副驚慌失措的樣子，阿緣小姐從我的口袋裡對他說：

『你逃過一劫了，昴。你得好好感謝王子殿下的機伶喔。』

悠人學長朝我望來，瞇起眼睛，像是在說「你又欠我一次囉」。

若迫則是用眼神詢問「我有沒有幫上忙呢？」。

我回給他們含糊的笑容，一邊在心中嘶喊著「的確幫了大忙……不過你們演得太過火了啦！」。

◇ ◇ ◇

過了幾天。

妻科同學依然被所有人視為大開後宮的校園女神，受盡人們崇拜和豔羨的目光。

她皺著臉對我說：

「受歡迎的人才不是我，而是你啦。真叫人生氣。」

「啊？我？」

「是啊，姬倉學長和若迫都是因為看到你陷入困境才演了那場戲吧？赤星學長最近也是整天都黏著你。」

「他才沒有黏著我，我們只是感情變好一點罷了。」

在那場騷動之後，從反敗為勝的狂熱之中逐漸冷靜的赤星學長反省「我又搞砸了」。

阿緣小姐說：

『就是啊。你最好再重看我一次。沒辦法，我就再一次從頭教你吧。』

我把阿緣小姐還給赤星學長，一邊說道：

「我看過這本書了，裡面寫的建議非常好，學長可以再看一次，繼續努力。雖說最後還得看妻科同學怎麼決定，但學長在比賽時真的非常帥喔。」

「眼鏡男，你真是個好傢伙。」

赤星學長非常感動。

「早苗應該還是喜歡你的，所以我也得參考你的嗯帥才行。」

之前赤星學長只是偷偷摸摸地跟蹤我，後來就開始光明正大地跑來找我。所以我並沒有吸引到赤星學長，他的目標從頭到尾都是妻科同學。

聽我這麼一說，妻科同學鼓著臉頰說：

「我倒覺得他只是把我當成了跟你交朋友的藉口。」

她甚至還說：

「開後宮的人才不是我，而是你啦。」

在那場比賽之後，我和妻科同學單獨談過了。

是妻科同學主動傳 Line 給我，悄悄地跟我約在生物教室。見面之後，她有些害羞、有些僵硬地對我說：

——榎木，我喜歡你。

——所以看到你幫我和赤星學長牽線，我又難過又生氣，很埋怨你一點都不明白我的心意。

——不過那只是我自己的心情，你又不是我的男友，我不該對你那麼凶，很抱歉。我克制不住自己的脾氣，老是事後才在後悔。

妻科同學越來越不好意思，又向我道歉了一次。

——我才該向妳道歉，我沒有考慮到妳的心情，就自作主張多管閒事，真是對不起。

我也朝她鞠躬。

——還有，謝謝妳告訴我妳喜歡我。這是我從出生以來第一次被人類的女生告白。

——但我已經有女友了，而且我非她不可。

聽到我這麼說，妻科同學露出非常震驚的表情。

——你有那麼喜歡的女生？應該不是我們學校的學生吧？我從來沒看過你跟女生在一起。到底是誰呢？是怎樣的人？你真的有女友嗎？如果你是為了讓我死心而說謊，我會很生氣喔。

竟然懷疑我……雖然我確實沒什麼女人緣，也不像是有女友的樣子。

——我的女友是一本書，平時我都會隨身帶著她，不過我今天把她放在家裡。她是一本淡藍色的薄薄文庫本，我都叫她夜長姬。她很愛吃醋，動不動就鬧脾氣，還會說要詛咒我，但聲音非常可愛。

我把夜長姬的事告訴了妻科同學，她先是呆若木雞，接著以手扶額。

——竟然是書本？這也太出人意料了……不，依照你的情況，應該說是意料之內。不過，這實在是……太複雜、太難懂了……

——不過，是你的話……也不是不可能。

妻科同學喃喃說完之後，露出直率爽朗的眼神。

——嗯，我現在還是喜歡你，包括你那些莫名其妙的行為，像是無可救藥地愛著書本，還把書當成女友。

她果斷的聲音一字一句地在我的胸中迴盪，令我的心頭熱了起來，顫動不已。如此堅定的心意，就連接收的這一方都會深受感動。

——放心吧，我不會叫你跟書分手和我交往。我會繼續努力，讓你看見人類的女生是多麼好。

說完以後，她輕柔而溫和地笑了。

——啊啊，說出來爽快多了！

她大大地展開雙手。

我覺得妻科同學真的是個很棒的女孩。

在那之後，我和妻科同學還是會像以前一樣聊天，說不定比以前更輕鬆自在。

雖然我還沒想好要怎麼對待妻科同學。

悠人學長帶著笑意說：

——我和若迫只是幫你爭取了一點時間，之後要怎麼做，還是得由你自己決定。

——說不定你們會自然演變成朋友的關係，也說不定你哪天會突然愛上妻科同學。

他開玩笑似地這麼說。

在那場告白大會以後，不斷有女孩去向若迫告白。

主動跟若迫說話的女生變多了，他自己覺得很莫名其妙，不知道為什麼會這樣。

我想一定是因為若迫以前看起來對戀愛完全沒興趣，女生們都覺得他很難接近，但他公開向妻科同學告白之後，女生們都覺得「喔喔，原來他也會喜歡女生啊？那我說不定也有機會」。

其實這些都是從阿緣小姐那裡聽來的啦。

『明明不噁心卻沒有女人緣，那一定是因為個性太正直，面對異性也沒辦法切換成戀愛模式或好色模式，所以大家都會以為他對異性沒有興趣。這種人一旦表現出對戀愛有渴望，當然會變得很有女人緣。』

她是這麼說的。

若迫一直很積極地在管弦樂社裡幫悠人學長的忙，一邊學習各種事務，那些事已經夠他忙的了，所以他並不打算交女友。

真想看看正經八百的若迫墜入情網的樣子……呃，這聽起來很像悠人學長會對我說的話。

也是啦，別人的愛情故事都很有趣。

所以愛情小說永遠都不會褪流行。

不過，輪到自己戀愛就不是只有輕鬆愉快了。

要處理的麻煩事很多，還會有很多的猶豫、犯錯、受傷、後悔。

這天放學回家後，我發現放在床上的蕾絲手帕上的夜長姬正在啜泣。

她稚嫩的聲音不停顫抖哽咽，一邊還細微地喘氣，我彷彿能看到透明的水滴涔涔落下。

『嗚嗚……嚶嚶……』

我急忙跑到床邊，丟開書包，用雙手捧起淡青色封面的薄書。

「怎麼了，夜長姬？為什麼在哭？」

最近夜長姬經常一副無精打采的樣子。

可能是因為我在煩惱妻科同學的事而無暇顧及她吧，但平時的她一定會變得更多話。

『……竟然把我丟著不管……我要詛咒你，判處你狂舞之刑……』

還會整天不斷地念著「詛咒你……詛咒你……」，但她最近卻悶不作聲，我說今天要把她留在家裡時，她並沒有回應，也沒有說「把我丟在家裡……一定是打算偷偷去找其他的書吧……圖書室的書？……還是書店的書？……不行，我要詛咒你……」。

她是在鬧脾氣嗎？對了，我有一段時間沒翻夜長姬了。妻科同學的事情已經告一段落了，今晚就和夜長姬多說些話，溫柔地翻她，朗讀那些彷彿能聽見心跳的鮮活文字，盡情地撫摸她的封面吧。

「夜長姬，再哭下去的話會變皺喔。」

書本是不會掉下鹹苦眼淚的，但是聽到那稚氣的哭聲，就像看到一位身穿美麗和服的烏黑長髮公主哭溼了高貴白皙的臉龐，顫抖著肩膀不停顫抖。

我也難過得跟著哭了，又是搖晃她，又是把她抱在懷裡撫摸她的書脊，持續對她說話，但夜長姬還是哭個不停。

『嗚嗚……我……我一想到……結已經忘了我……跟人類女生……打得火熱……身體好像……要裂成一塊塊了……嗚嗚……嚶嚶……結……已經討厭我了嗎……？因為結已經翻過我太多次……所以對我厭倦了嗎……？』

她斷斷續續地說著。

我心頭揪緊，用力抱住夜長姬。

「胡說什麼嘛，怎麼可能會有這種事？就算我已經翻過妳上百次，從頭到尾每個字都背得滾瓜爛熟，沒有一處沒看過，沒有一處沒摸過……我還是忍不住想翻妳，每次翻妳的時候都會心跳加速呢。」

『可……可是……你最近……都不翻我了……一直想著人類的女生……還一邊嘆氣……每、每次你說著「我要出門了」走出房間時……我都很擔心……擔心你可能不會再回到我身邊了……如果以後都看不到你了……那我該怎麼辦！』

夜長姬說不下去了，哭得泣不成聲。

粉妝玉琢的小公主不斷滴下鹹苦的淚水，纖細的身軀顫抖不已。

淚流不止。

啊啊……夜長姬竟然這麼擔憂。

竟然這麼寂寞。

說不定不只今天，說不定我每次出門她都像這樣獨自哭泣。

由於夜長姬很愛吃醋，這個房間裡沒有其他書，她也沒有可以說話的對象。

她自己一個孤零零的，在安靜的房間裡只能聽見自己的哭聲。

一想到那個畫面，我的心都要碎了。

我寶貝的女友。

自己的女友這麼難過，我卻一點都沒發現，真是個沒用的男友。

「對不起，夜長姬，對不起喔。」

我的雙手將又小又薄的書本按在胸前，嘴脣貼近封面邊緣，反覆地說著「對不起」。

「我再一次發誓，我永遠都不會丟下妳的。我會一直和妳在一起，今後我還要翻妳幾千遍、幾萬遍！」

『可……可是……我是書啊……你一定覺得人類比較好……所以……』

「書才好啊！就因為是書我才這麼愛啊！因為夜長姬是書，我們的心才能這麼貼近，才能如此相愛，不是嗎？光是翻著妳就能讓我激動不已，連眨眼都忘了眨，我對人類女生才不會有這種心情，但妳在我的眼中就是這麼寶貴的存在，如果妳不是書，我就不會這麼愛妳，我們根本就不會相遇啊！」

和夜長姬相遇的那一個夏日。

嗆鼻的草葉氣味，從樹上俯瞰著我的淡藍色書本。

第一次碰觸時，我開心得全身發麻。僅僅讀了幾行就令我痴迷不已，再也停不下來。

我還想再讀她。

我還想再見到她。

還想再跟她說話。

還想再問她問題。

我深深地渴望，直到胸口發疼。

包括那悽慘的事件。

包括那與死亡相伴、既甜美又可怕的濃密時刻。

全是為了讓我們奇蹟似地結合的必要過程。

『結……不要拋棄我……不要離開我……』

那高傲的小公主啜泣著這麼說，真是太可憐又太可愛了。我也不斷地說著：

「我最愛妳了，夜長姬，我們永遠都要在一起。」

今晚抱著夜長姬一起睡吧。

直到睡著為止，我要不斷地告訴夜長姬我有多愛她。

我真的好喜歡她，真的好珍惜她。

希望她明天就會恢復成那個高高在上又愛吃醋，動不動就詛咒人的任性小公主。

我一邊如此祈求，一邊抱住她纖細的身體。

# 夜長姬的小祕密
# ～結不在家……。

ʃಥ_ಥʅ　結……走掉了。

ʃಥ_ಥʅ　他會回來嗎……？

ʃಥ_ಥʅ　他對我……已經厭倦了嗎？

(ಽ﹏°)。　都是因為……我是書。

o(T﹏T)o　結……我好寂寞……

(´Д⊂ヽ・　結……

(ↄ﹏⊂)　結……

# 第五章

## 《夜長姬與耳男》邀我來到染血的刑場

烏黑長髮從纖細的肩膀柔順地垂到平坦的胸前，眼眸冰冷高傲的她從上方低頭看著我。

身穿鮮豔和服，白皙的裸足輕輕搖曳。

像冰一樣冷的眼神。

夜長姬？

這位高貴又殘酷的公主是我的女友，也是一本淡藍色的薄薄書本。

但是坐在樹上高傲地看著我的她，看起來就像個稚氣未脫的人類少女。

她是夜長姬吧？

為什麼她會在那個地方？

啊啊，這是在重現我和夜長姬相遇的場景。

我大概是在作夢吧。

耀眼的夏季陽光。

刺鼻的草葉氣味。

連綿不絕的林木，靜悄悄的、彷彿介於現實與虛幻之間、奇妙又可怕的地方……

我朝樹上的小公主伸出雙手。

「來，下來吧，讓我翻翻妳。」

◇ ◇ ◇

自從懂事以來，我就莫名其妙地聽得見書本的聲音，還能和他們對話。

比我大五歲的姊姊說過，我還不認識字的時候就已經會笑咪咪地對姊姊的書本發出「噠～」或「啊～」之類的聲音。

進了幼稚園以後，擺滿繪本的書櫃前面是我的固定座位。

『結，今天讀我吧，我裡面寫的是小熊一家人搭飛機旅行，很有趣喔。』

『哎呀，結今天應該比較想和兔子小繭一起跳繩吧。』

「嗯，我兩本都要看！」

老師說過「結老是在自言自語呢」，幼稚園其他小朋友也問我：

「結，你在跟誰說話啊？」

「我剛才在跟《會說話的毛線球》說話啊。毛線球奶奶說，這故事寫的是一個老奶奶織了一件能把整個人裹住的大披肩，裡面還會傳來爺爺等人的聲音喔！」

大家都露出訝異的表情說：

「你好奇怪，我們什麼都沒聽到啊。」

不過，無論是教室的書櫃、鎮上的圖書館、充滿舊書氣味的舊書店，還是擺滿新書的百貨公司書店，我都能很尋常地聽見他們的聲音，悄悄地跟他們說話，我的「書友」一天比一天更多。

我遇到的書每一本都很新鮮，而且翻過、聊過之後會更喜歡他們。摸著書頁時感受到的乾燥觸感和翻頁的沙沙聲，都會令我難以自持地心跳加速、興奮不已。

真想跟更多的書本成為朋友！真想跟他們說話！真想盡情地翻閱他們！

小學和國中時代，我不斷地跑圖書館、書店、舊書店，不斷認識新的書本，每天都沉浸在閱讀之中。

每一本書都充滿了魅力，我好喜歡他們，和每本書都成了朋友。

我從來沒想過，對書本來者不拒的我最後竟會忠於一本書。

我遇見那本淡藍色薄書是在國二的暑假。

爸爸的公司在北陸的別墅區有自己的度假會館，父母和我三個人一起去那邊避暑。

我的父母愉快地去購物、騎腳踏車、打網球，而我則是到處逛書店。

說到旅行的樂趣，那當然是去本地的書店、舊書店、圖書館，聽住在這邊的書本們說話。

書本好像都會受到當地居民的影響，我和家人去關西旅行時，經過書店還會聽到書本用豪邁的大阪腔或優雅的京都腔說話，光聽就覺得很有趣。

這一天我來到了充滿土產店和能吃到本地美食的餐飲店的鬧區裡的小書店。

這是一棟古色古香的木造建築，充滿了風情。

介紹小鎮歷史和推薦觀光景點的導覽書籍放在顯眼的地方，他語帶悠哉地對我說：

『雖然本鎮很小，卻有很多值得誇耀的地方喔。要不要帶著我去街上走走啊？』

『我會介紹你能吃到美味竹葉壽司的店家。飯後甜點我推薦熱茶配紅豆餡麻糬。』

書櫃也是用木紋清晰的木頭製造的，雖然很舊，但擦得很乾淨。店裡打掃得非常整潔，書本們都待得很舒服。

外國文學區非常豐富，尤其是德國文學，有托瑪斯・曼、歌德、赫曼・赫塞、穆特・福開，還有霍夫曼。這可能是老闆的喜好吧。

『你是旅客嗎？帶著我在靜謐的森林裡散步很美妙喔。』

歌德的詩集用男高音般的動聽嗓音說道。

「喔喔，聽起來很不錯呢。」

我小聲地回答。

『哎呀呀，你聽得到我的聲音啊？』

他非常驚訝，其他書本也紛紛說著：

『咦？你真的聽得到嗎？從什麼時候開始的？』

『都市裡還有其他人像你一樣聽得到我們的聲音嗎？』

「嗯，嗯，我也不知道為什麼，總之我能聽到書本的聲音。但我不認識和我一樣能聽見的人，如果有的話一定很開心吧。唔……我後天就要離開了……」

這般對話也是旅遊時逛書店的樂趣，正當我時而點頭、時而微笑，悄悄地和書本們說話時……

一位二十出頭的年輕男人腳步蹣跚地走進店裡。

站在櫃檯裡的店員對他說道：

「智則，你看起來好像很不舒服，沒事吧？」

那男人似乎沒聽見，默默地從櫃檯前走過去。我短暫地瞥見了他的側臉，他看起來臉色蒼白，彷彿因為發燒而意識模糊。他的眼神空虛，好像什麼都沒在看，搖搖晃晃地走在店內。

書本們都擔心地說：

『智則先生本來很開朗，總是用閃亮亮的眼神望著我們。』

『他在東京讀大學的那段期間，每次回鄉都會先來看我們，愉快地說著「放假的時候要看哪本書好呢」。』

『他最喜歡中田弘樹老師的作品，還經常感嘆：每一個系列都非常精采，可是全都還沒完結，什麼時候才會出續集呢？』

『……好不容易才等到中田老師復出，中斷的系列也一一出了完結篇，智則先生卻看都不看一眼就從中田老師這一區走過去……中田老師的書都很焦躁呢。』

『是啊，連我這一區都能聽見。他們說著「好不容易才能看到續集，老師可是使盡渾身解數為這個系列和那個系列寫了最棒的結局耶」。』

『我聽客人說……智則先生是在東京工作時遭到上司欺凌，搞壞了身體，才回來故鄉的。』

『真可憐……』

『希望智則先生快點恢復健康，變回原來的樣子。』

『就是啊，他雖然每天來到書店，卻只是搖搖晃晃地走來走去，看都不看我們一眼。』

不只是我身邊的書本，連其他區域的書本都很擔心智則先生，紛紛說著「他沒事吧？」。

其中有個聲音囁嚅說著：

『中毒。』

中毒……？

中什麼毒？

『糟糕，他一定是中毒了。』

那句話似乎代表著非常迫切的危險，我附近書櫃上的書本聽到「中毒」一詞都為之譁然。

是生病的意思嗎？

和書本說話之間，悠閒購物的氣氛消失殆盡，於是我離開了書店。

他們說的智則先生在生病之前是個熱愛書本的開朗大哥哥。

所以那些書本才會這麼擔心他……

希望智則先生回到這個寧靜小鎮後，心靈和身體都能早日恢復，並且好好享受他期盼已久的系列結局……

我一邊想著這些事，一邊走出鬧區，進入一條林間小徑。

耀眼的夏天太陽被交錯縱橫的樹枝遮蔽，比走在大馬路更涼爽。泥土和草葉散發出香氣，我深深地吸進胸中。

啊啊……真安靜，風吹起來真舒服……在這種地方靠著樹幹看書是最棒的。

剛才真該在書店買一本書。

我遺憾地回頭望向後方，眼中所見全是矗立的無數林木、藤蔓，以及長滿四處的青草。

是不是走得太深入了呢？

我得小心一點，千萬不要迷路了。

現在我的身上沒有書，如果遇難可就麻煩了。等待救援的時候既不能和書說話也不能看書，我一定會撐不下去。

此外，度假會館的管理員說過，最近樹林裡經常出現鳥或動物的屍體，起初只有一、兩隻，後來卻越來越多，凶手到現在還沒抓到，要注意一點。

在這麼閒適的地方如果突然看到成堆的鳥屍或貓屍，一定會留下心理創傷吧。

就在此時，我突然踢到某種又圓又硬的東西。

「哇啊！」

我還以為是動物的骨頭，不禁失聲驚叫。

但我誤會了，地上那個東西包著類似和服布料、印滿淺藍色和大紅色花朵的紙張，上方緊緊扭成一束。

那鮮豔的色彩令我感到好奇，我撿起紙包，打開一看，裡面掉出一顆紅色彈珠。

我伸手接住，又看看皺巴巴的紙張，發現白色的那一面寫了字。

那是用藍色的彩色鉛筆寫的。

字跡有些孩子氣。

『猜猜我今天看到了什麼？』

上面只有這麼一句話。

這是什麼意思？

我正感到不解時……

一道冰冷而稚嫩的聲音傳進我的耳中。

『……是誰……在那裡……？』

那聲音就像反射出透明光芒的薄冰一樣冷冽而清澈……

『是誰都無所謂……快一點……讓我從這裡下去……』

『拖拖拉拉的……慢吞吞的……如果我數到三你還不過來，我就要詛咒你……』

女孩？

那習慣命令人的傲慢語氣散發出高貴的氣質。

或許是因為聲音太稚嫩，聽起來像個氣急敗壞的小女孩。

『一……』

我朝著聲音傳來的方向走去。

『二……嗚……』

這次裡面摻雜了一些不安的聲音。

她好像很擔心沒人會去找她。

『斯……斯……』

她遲遲不敢把「三」說出口。

『我、我要數了喔……斯……斯……』

我的腦海浮現一個滿臉通紅、眼眶含淚的小女孩念著「斯……斯……」的模樣，噗哧一聲笑了出來。我走到發出聲音的樹木下方，抬頭望去時……

『斯斯斯……三！……差一點……你就要被詛咒了……你應該感謝我……』

那傲慢的聲音說道。

像馬賽克一樣縱橫交錯的樹枝。

茂密的綠葉。

有一本色調高雅，像是混合了藍色和灰色的書本靜靜地放在那邊。

樹木枝葉的影子落在書本優雅的封面。我一看到那冷冽而靜謐的身影就不禁屏息。

封面上的白色文字浮在一片灰藍之中。

多麼古典又優雅、令人心旌動搖的色調。

多麼美麗的書啊。

嘴邊的笑意消失，雙目圓睜。

《夜長姬與耳男》。

作者是坂口安吾。

我沒看過這本書，不知道內容是怎樣，只覺得連那充滿童話氛圍又帶著一絲陰鬱的書名都充滿了魅力。

對書一見鍾情的感覺，只要是愛書人一定都可以理解吧。

看到封面的瞬間就著了迷，在恍惚之中渴望能擁有那本書、翻閱那本書。

此時此刻，我完全沉浸在這種感覺裡。

『遲鈍的眼鏡男……別發呆……快讓我……從這裡下去……』

那冷冽的聲音再次說道。

淡藍色封面的書本擺在蓋滿綠葉的樹枝上，像是站在凹凸不平的樹幹上。撐著書本的樹枝既粗大又穩固，一時之間還不會掉下來，若是吹來一陣強風或是被鳥兒碰到就很難說了。

我伸出雙手，把她抱下來。

哇，好輕。

像羽毛一樣。

「對不起，因為妳太美了，我忍不住看呆了。妳的封面是高雅的藍色呢。」

我看著封面說道，她的回答帶著戒心：

『……你聽得見……我的聲音嗎？』

「嗯，我從小就聽得見書本的聲音，我也不知道為什麼。」

『真是個怪人。』

「或許吧。我倒是很慶幸有這種專長，這樣我才能聽到妳的聲音。妳為什麼會在樹上？妳的主人去哪裡了？」

『……』

她默不吭聲，似乎不想說。

就像穿著冰雪鎧甲一樣，她散發著肅穆的氣氛。

她或許不想談那些事吧……

「呃，我的名字是榎木結。我難得遇到像妳這麼迷人的書，真想翻翻看，可以嗎？」

絕大多數的書本都覺得被人閱讀是最開心的事，他們總是對我叫著「來讀吧！」、「讀我！」、「讀我！」。

如果我問他們能不能翻閱，他們一定會立刻回答「好啊！盡量翻！」，這就是我所認識的書本。

不過……

『……』

她只是冷冷地保持沉默，我疑惑地望著她，心想「怎麼了？」，她才漠然地回答：

『……看了之後會怎麼樣……我才不管……』

這是答應我的意思吧！

「謝謝！」

我笑得像是孩子得到了最愛的點心，興奮地回答。心臟撲通撲通地狂跳，說道：

「那我要看囉。失禮了。」

我用食指和中指掀開她漂亮的淡藍色封面。

『！』

大概是因為我太開心，立刻動手去翻，她被嚇得輕輕吸了一口氣。

「啊，對不起，我不會對妳太粗魯的，我會照著妳的步調慢慢地看。」

我輕聲細語地安撫她，輕柔地翻著那薄薄的書頁，翻到了正文開始之處。

『我的師傅被譽為飛驒首屈一指的知名工匠，但夜長家的大老爺來請他時，他已經又老又病，離死期不遠了。』

開頭是這麼寫的，文中提到的工匠是指雕刻佛像、建造宮殿和寺廟的木工師傅。

故事的敘述者是主角耳男。

因為師傅的推薦，耳男去了大老爺家雕刻佛像，並且在那裡遇見了一位少女。

『夜長家的大小姐就在他身邊。據說她是大老爺頭髮花白的時候才生下的獨生閨女，備受寵愛的她甫出生時入浴用的洗澡水，可是歷經了一百個夜晚，每晚都自雙手才能捧起的黃金中搾取露水蒐集而來的……凝結在黃金表面的露水滲入她的肌膚，因此她一生下來就全身閃耀，甚至帶著黃金的芬芳。』

讀到這裡，我深深感到目眩神迷，不禁嘆息。

「啊……散發著黃金芬芳的公主啊……一定很神聖、很耀眼，聞起來又很香吧。」

『……真下流。』

「呃，不是啦，很香只是我的想像，我沒有真的聞到啦。」

『……我也不想讓你聞……臉不要貼得這麼近……』

「啊，對不起。不過這描述真的很迷人耶，用黃金搜集的露水洗澡的公主……我一定也會愛上她的。」

我說完又繼續讀下去。

『她只有十三歲。雖然身材高眺，身上卻仍帶有孩子般的香氣。她雖有威嚴，卻不可怕。我緊繃的身體在她面前也緩緩地放鬆下來，我想可能是我輸了。』

十三歲啊……

比我還要小一歲。

這年齡根本還是個孩子，耳男第一次看到這麼幼小的女孩就覺得自己輸了，意思就是他已經屈服於大小姐的魅力了。

故事以節奏明快的短文敘述了耳男的心情，我彷彿也藉著耳男的眼睛看見了大小姐，隨著耳男的心情無法克制地被她吸引。

但大小姐並不是個正直善良的女孩，而是心中藏著魔性的少女，我越意識到這一點，翻頁的手指就變得越冷。

大小姐命令美麗的織布女江奈古割掉耳男的耳朵。

江奈古從鞘中拔出懷劍、拉住耳男的耳朵時，他心想大小姐一定是在開玩笑，一定會在最後一刻制止江奈古。

『我顧不得其他事，專注地望著大小姐。她應該會開口。應該會制止江奈古。看那少女清雅純稚的笑容，她一定會開口發出美麗的嗓音。』

可是大小姐的口中卻沒有說出耳男期待的話語。

『我茫然地望著大小姐的臉。望著她那天真無邪的美麗笑容。望著她那水亮的大眼睛。我完全出了神。我知道再這樣下去我的耳朵就會被斬下，但我的目光只能直盯著大小姐的臉，身體無法動彈，我的心也被彷彿正在出竅的雙眼所占據。』

江奈古抓住耳男的耳朵時，我感覺自己的耳朵也被冰冷的手指揪住了。就在此時，耳男看到的大小姐的稚氣笑容充斥在我的腦海中。

撲通、撲通……心跳的聲音響亮得如同用聽診器聆聽。

撲通。

撲通。

撲通。

清雅純稚的笑容。

用凝結於黃金的露水洗滌過、帶著黃金芬芳的大小姐看著「我」，露出天真無邪的笑容。

烏溜溜的長髮。

鮮紅的嘴唇。

水亮的大眼睛。

稚氣又魅惑的少女滿足地瞇起眼睛。

『你輸給我了。』

她輕聲說道。

『我的耳男，來吧……讓我更開心吧。』

什麼？

這女孩是怎麼回事？

直接在我腦中說話的這個聲音是怎麼回事？

身體搖搖晃晃，我現在明明沒有在閱讀，手指卻繼續翻動書頁。

在朦朧的視野中，黑色的文字清晰地浮起，如漩渦一般流動。

「我」之所以失去耳朵都是因為看大小姐看呆了，輸給了她。為了甩開大小姐的笑容，「我」開始雕刻魔神的雕像，而不是雕刻佛像。

「我」的小工坊四周長滿野草，也是眾多蛇類的巢穴。

每次有蛇大剌剌地爬進工坊，「我」便會將牠一刀剖開，啜飲牠的生血，把蛇的屍體掛在天花板上。

「我」這麼期望：蛇的怨靈！要附身就來我身上吧！就附到我要雕刻的魔神身上吧！

只要覺得自己鬆懈下來，「我」就會跑進草叢抓蛇，開腸剖肚，吸吮生血，吐出一口氣，把剩下的血灑到正在雕刻的魔神像上。

一天七隻，接著一天十隻。如此抓著抓著，夏天都還沒過完，工坊四周草叢裡的蛇就抓光了，於是「我」只好每天去山裡抓一袋子蛇回來。

工坊的天花板吊了一大堆死蛇，蛆蟲橫生，臭氣四溢，隨風飄盪。冬天一到，它們就會喀沙喀沙地隨風搖擺。

看到吊起來的那些蛇屍一起撲過來的幻覺時，「我」反而充滿力量，因為「我」覺得蛇的怨靈聚集在自己體內，讓「我」轉變成蛇的化身。不這樣做的話，「我」實在無法繼續工作……

喉嚨好乾。

腦袋好燙。

那稚嫩的聲音帶著冰冷的吐氣，傳入了「我」只剩一個洞的耳朵。

『去後山抓蛇回來，要抓滿一大袋。』

『直到這高樓的天花板吊滿了蛇為止。今天去，明天也去，後天也要繼續。快點！』

必須去抓蛇才行。蛇。

披著光澤亮麗黑髮、身材纖細的美麗少女把盛在杯中的蛇血一飲而盡，露出春風滿面的笑容。

『再多一點，再多一點。』

村裡出現了瘟疫，村民們相信「我」雕刻的魔神像能驅邪，專程跑來參拜，卻陸續死在這裡。大小姐在高樓看著這幅景象，愉快地說：

『猜猜我今天看到了什麼？』

『我看到一個老婆婆來拜那尊怪物，結果在小廟前左來右去地晃著跳舞，最後攀在小廟上死掉了喔。』

皺巴巴的紙張寫著藍色的、孩子氣的字跡。

——猜猜我今天看到了什麼？

那句話藉著純真少女的聲音重現了。

猜猜我今天看到了什麼？

看到了什麼？

『真希望我視線所及的人們全都左搖右擺地跳舞到死，接下來是我看不到的人們、在田裡的人們、在平野的人們、在山上的人們、在森林裡的人們、躲在家的人們，希望他們全都死光光。』

『快看！就在那邊！有人開始狂舞了！你看他們暈暈晃晃的樣子！就像是太陽

太刺眼了，他們一看見太陽就暈眩了。』

那稚嫩的聲音在我的腦海中打轉。

烏黑長髮的少女、從書頁浮起的文字、寫在摺紙上的話語，全都像萬花筒一樣變形地出現，接著又不斷變形，令人眼花撩亂。

『結。』

大小姐在叫我。

我非去不可。

頭腦和身體都痛得令我幾乎癱倒，彷彿四面八方都有人在毆打我，但我卻仍搖搖晃晃地向前走去。

喉嚨出奇地乾渴。

『結。』

『結。』

大小姐……大小姐在叫我。接著她天真地這麼說：

『結，我想看人狂舞。』

『讓我看看更多、更精采的舞蹈吧。』

我非去不可。

不能待在這裡。

我的喉嚨越來越渴，身體也越來越東倒西歪，在此同時，耳中聽到的聲音卻越來越甜美、越來越冰冷。

『對，結，過來這裡。』

腥臭的味道隨風飄來。

出現在眼前的景象令我胃酸上湧。

「這是……什麼……」

樹木環繞的空曠草地上，橫七豎八地躺著大量的鳥。有些地方的鳥屍層層相疊，有些地方的鳥似乎還活著，羽毛和腳微微地晃動。絕大多數的鳥都不動了，變成帶有餘溫的屍骸。

——最近樹林裡經常出現鳥或動物的屍體。

——起初只有一、兩隻，後來卻越來越多，凶手到現在還沒抓到，要注意一點。

我想起了度假會館管理員的告誡。

竟然一口氣死了這麼多鳥。

難道是有人到處下毒嗎？

可是，為什麼要這樣做？是誰做的？有什麼目的？

我被大量鳥屍嚇呆時，又聽見了那溫潤可愛的聲音。

『結，快點讓我看看狂舞。』

『死蛇、死老鼠、死貓、死鳥，我都看膩了。』

『真希望我視線所及的人們全都狂舞著死去。』

我用自己的手，掐住了自己的脖子。

手指一用力，乾渴的喉嚨就發出痛苦的咕嚕聲。接著我又逐漸加重力道。若不這樣做，我一定會傷害別人。

因為大小姐想要看人狂舞著死去。

因為「我」輸給大小姐天真的眼睛了，「我」必須服從大小姐說的話……

為了實現大小姐的心願，「我」只能殺死自己！

就在我快要失去意識時，突然聽見「哇啊啊啊啊！」的一聲大叫。

我掐著自己的脖子回過頭去，看見一個年輕男人高舉著菜刀，眼睛充血，大口地喘氣。

他就是我在鬧區書店看到的人。書本們都叫他「智則先生」，說他離開東京的公司回回到故鄉後就變了一個人。

『快點讓我看看狂舞。』

『來吧，快一點。』

那聲音在對我說話……

不，不對。

那聲音不是從我的腦海裡傳來的，而是從我的胸前。

雖然我做出了掐自己脖子的異常行為，手臂和胸口之間卻仍然牢牢地夾著那淡藍色書本。

冷冽白色字體寫著《夜長姬與耳男》，聲音高傲、稚嫩又冰冷，讓我一眼就無可救藥地瘋狂愛上的書本。

這本書在樹上呼喚我的時候、對我講話的時候都帶著一種笨拙的可愛，如今卻用令人發寒的冰冷聲音命令道：

『去死吧。』

『真希望所有人都死掉。』

『無論是我看到的人，還是沒看到的人，全都死掉。』

「別說了！不可以說這種話！」

我對著懷裡的淡藍色書本死命地大喊。

「那是大小姐說的話，不是妳說的！」

我的腦海頓時浮出「中毒」一詞。

——糟糕，他一定是中毒了。

我在書店聽到的那句話應該就是指人受到書本異常深刻影響的狀態，也就是現在這種狀態吧！

智則先生把刀刃朝向我，叫喊著朝我跑過來。

我在千鈞一髮之際躲開了，但全身都冒出冷汗，心臟加速到幾乎爆炸。

智則先生又胡亂揮舞著手上的菜刀朝我攻來。

「不可以聽書本的聲音！請你別再聽了！」

智則先生是在哪裡遇見這本書的？他一定看過這本書，而且中了這本書的毒。

此時在他的腦海裡，一定有書本的聲音用夜長姬的身分對他說話。

書本在我的懷裡繼續冷冷地說著：

死吧。

全都去死吧。

為什麼書會被放在那個地方？

是誰把書放在那裡的？有什麼用意？

難道書本的主人知道會演變成這種情況……

我不斷閃避揮過來的菜刀，腳邊瀕死的鳥兒抖動著羽毛。也有睜著眼睛的死鳥，牠的眼睛正在看著我，就像在說「你也會變成這樣」。

寒氣一陣陣地爬上我的背脊。

淡青色書本無法停止對智則先生施加命令。

智則先生一邊揮著菜刀，一邊貌似痛苦地皺著眉頭。難道他還殘留著微弱的自我意識，正在抵抗腦海裡的聲音？

我決定賭賭看。

「智則先生！」

我喊出他的名字。

智則先生渾身一顫，正要揮落菜刀的手停頓了片刻。

但他隨即又「哇啊啊啊啊！」地大叫，繼續揮舞著菜刀，我一邊避免踩到鳥屍四處閃避，一邊叫道：

「智則先生，你期待已久的中田弘樹老師作品《四聖獸物語》、《巴爾多祿茂編年史》、《兩片天空，七座城池》、《奧古斯丁的晚年》都出了續集喔！」

從旁邊揮過來的菜刀在我的耳邊停住了。

我用雙手緊緊握住智則先生抓著刀柄的手，貼近他的臉，直視著他的眼睛，繼續說：

「《兩片天空，七座城池》是隔了二十年又推出續集，好不容易才等到完結篇喔！真希望讓你快點看到那感人肺腑的結局啊！《巴爾多祿茂編年史》也只剩下一集，下週就要發售了！《奧古斯丁的晚年》的完結篇充滿了中田老師的風格，只要是中田老師的書迷都會被那情節發展深深折服的！」

他原本空虛的眼眸充滿了苦惱的神色。

冰冷的手逐漸恢復溫度。

我知道現在絕對不能放開手或移開目光，也不能停止說話，所以更用力地握住他的手，更專注地盯著他的眼睛，不停地跟他說話。

書本們說過，智則先生以前是個熱愛看書、個性開朗的人。

還說他總是帶著閃亮亮的眼神來到書店，興奮不已地挑選書本。

這樣的人絕不可能對期待已久的新書無動於衷！

「《四聖獸物語》終於寫到朱雀登場的最高潮了，朱雀的真實身分其實是自衛隊的……」

智則先生顫抖著嘴脣，擠出聲音。

「不……」

智則先生用力甩開我的手，我正感到驚恐萬分時，他卻把菜刀往後拋開，大吼著：

「不要洩漏劇情啊啊啊啊啊！」

智則先生用令人耳鳴的聲音大吼之後，顫抖著肩膀喘氣好一陣子。等到他的喘氣漸漸變慢後，他才用擺脫附身鬼魂般的表情喃喃說道：

「……我得……去警察局……然後……要去看書……」

說完他就癱坐在地，然後側身倒下。

「咦！哇！智則先生，智則先生！」

我被嚇壞了，直到聽到他安詳的鼾聲，才鬆了一口氣。他大概很久都沒有好好睡過一覺了。

等他醒來之後，可能會為自己的所作所為深深自責吧……不過只要想到可以讀到期盼已久的續集，他一定能撐過去的。愛書人都是這樣的。

「我該什麼時候叫醒他呢？是不是找人過來比較好？」

不過，在那之前……

我把一直抱在懷裡的「她」用雙手舉到眼前。

「叫智則先生去殺鳥和動物的……是妳吧？我的腦海裡也出現了像公主一樣的

黑髮女孩不斷說著『讓我看看狂舞吧』，那女孩的聲音跟妳一模一樣。」

冰冷到幾乎讓樹林結凍的稚嫩聲音回答：

『……不只她……還有很多……不過她是最容易受影響的……因為她的心很脆弱……』

這是指除了智則先生以外還有其他人中了她的毒嗎？

「為什麼妳要做這種事？別再這樣做了。」

『……辦不到。』

聽到她冰冷的回答，我心頭揪緊，繼續說道：

「我開始勸說智則先生之後，妳就沒再命令他了，對吧？當時我沒有聽到妳的聲音。這代表妳想幫我的忙，不是嗎？」

『……我……不知道……』

「我覺得妳一定也不想這樣做。」

『我不知道……我不知道……我不知道，我不知道，我不知道！』

她反覆不停地說著，像是生氣，又像是混亂，最後她喃喃自語的聲音細若蚊鳴：

『我不知道……可是……鏡見子……這樣說了……』

鏡見子……？

「請把那本書交給我。」

背後突然傳來一個嚴肅的聲音，我吃驚地轉過身去。

那是一位身穿和服與圍裙，身材高挑的女性。

我看不出她的年齡，她散發出的威嚴像是活了上百歲，腰桿挺得筆直，臉上面無表情，但眼神非常銳利，她盯著我的眼神不容反抗。

「那是我們主人掉的東西。」

草地上躺了一大堆鳥屍，還有個年輕男人閉著眼睛躺在地上，她卻絲毫不為所動。

「這個人也交給我吧。我不會做什麼壞事的。屍骸我也會負責處理。我很習慣了，你不用放在心上。」

習慣？她很習慣處理屍骸嗎？

「呃，可是……」

「你應該不是本地人吧？最好不要再跟這些事牽扯下去，請回去吧，這裡是私人土地。」

「私人土地？」

此時我才注意到。

森林的盡頭有一棟氣派的房子。

樹木之間可以看見莊嚴的大門和房子的牆壁。二樓的外凸窗敞開，有個女孩站在窗邊看著我們。

那是個有著烏黑長髮、眼睛大而有神、年約十一、二歲的女孩，和我想像中的夜長姬長得一模一樣。

她小巧的臉上還浮現微笑，就像那位站在高樓、帶著純真笑容看著人們狂死著死去的公主。

我不禁背脊發寒。

——不能待在這裡。

為什麼我當時會這樣想呢？

為什麼踩著搖搖晃晃的腳步來到這裡呢？

為什麼智則先生要把鳥屍堆在這裡呢？

是為了讓那位在窗邊微笑的黑髮少女看見鳥兒們痛苦地拍動翅膀的模樣吧？

我被召喚到這個地方，一定也是因為這樣。

身穿和服的女性從渾身戰慄、茫然呆立的我的懷中，抽走那淡藍色的薄書。

悲傷的嘆息掠過我的耳邊而消散。

此時又走來一位打扮得像執事、看起來孔武有力的男人，他將智則先生扛了起來。

「那個……」

「我們不會對他做什麼的，等他醒了以後就會讓他回家，請不用擔心。」

和服女人冷淡地說道，我也沒辦法再問什麼，只能呆呆地站著。

我已經聽不到淡藍色書本的聲音了，和服女人、執事、智則先生都消失在樹林另一端的莊嚴大門之中。

窗口也看不見那位黑髮少女了。

一年以後，我才知道那張包著彈珠寫了訊息的摺紙，是屋裡的少女丟出來的誘餌——

那是個充斥著血腥味和草葉嗆鼻氣味的炙熱夏日。

◇　◇　◇

當我醒來時，淡藍色書本很害羞似地趴在我的胸前。

啊啊，昨天我安慰著哭泣的夜長姬，之後就抱著她躺在床上睡著了。

我在夢中似乎見到了剛認識時、對我還充滿防備之心的夜長姬。

在樹上用稚嫩聲音呼喚著我的淡藍色薄書。

我根本沒想到隔年夏天會再見到讓我念念不忘的那本書，而且我還跟她成了男女朋友。

我也沒想到會遇上那麼可怕的事件。

不過，兩年前的夏天和一年前的夏天都已經遠去了，淡藍色的書如今就在這裡，成了我可愛的、愛吃醋的女友。

夜長姬醒著嗎？

還是昨天哭得太累了，到現在還在睡？

我懷著甜蜜的心情望著被我翻皺的書頁和晒得有些褪色的封面，用無名指輕撫著上方的書角，輕聲說道。

對著趴在我心上的她。

「夜長姬……我永遠愛妳。」

——完——

# 後記

大家好，我是野村美月。

多虧大家的關照，《結與書》才能寫到這裡。和書名同名的篇章〈《咆哮山莊》的繼承者〉和「文學少女」系列第二集《渴求真愛的幽靈》有相同的主題書目，但也因為感情太深，反而最不好寫，讓我留下了很多遺憾，真希望能更完整、更清晰地表達出這故事蘊含的、能令人心胸顫動、讓世界改變樣貌的強勁力道！〈《咆哮山莊》的繼承者〉的主角是悠人學長的妹妹小螢，這個角色是以凱薩琳的女兒凱西為範本，故事情節也比較溫和。《咆哮山莊》是描寫凱薩琳和希斯克里夫激烈性格的重口味故事，不過我也很喜歡女兒凱西和林頓的故事！他們兩人一邊拌嘴一邊看書的場面也好可愛、好療癒啊！

此外，《一切都是為了女人緣》也很精采喔！阿緣小姐的形象參考了青木光惠老師畫的封面，非常感謝 Eastpress 有限公司同意讓我引用。封面上的短髮女孩肉感的身材和大眼豐脣真是迷人又可愛，看起來就像隨時會開口跟讀者說話的樣子。書的內容不只精采幽默，也有很多像哲學書籍一樣深入人心的金句，推薦大家都去看看！不同版的內容好像有些差異，我參考的是第六版。本書提到的「紅戰士」和「粉紅戰士」，在該書裡面寫的是「赤連者」和「桃連者」。

KADOKAWA 文藝也出版了《結與書》系列的故事，那本寫的是結去了外地的書店幫忙書本和人解決煩惱，名義上雖是外傳，不過那個故事更像本傳喔！那個故事預定在冬天結束時出版第二集。那是以我在圖書館一見鍾情的漂亮金色書本為題材。上次結去的是東北地區的書店，下一次是某中學的圖書室喔～

十二月我會在文春文庫和 **poplar** 社推出新書，請多多關注。希望大家也能看看那本書。

二〇二〇年十月三十日　野村美月

作中引用或參考了以下書目：

《小學徒的神明・在城之崎》（志賀直哉著，新潮社出版。）

《長襪皮皮出海去》（阿思緹・林格倫著，大塚勇三翻譯，岩波書店出版。）

《長襪皮皮到南島》（阿思緹・林格倫著，大塚勇三翻譯，岩波書店出版。）

《一切都是為了女人緣》（二村仁著，青木光惠封面插畫，Eastpress 出版。）

《名作電影完全對白集 SCREENPLAY 系列一四八　咆哮山莊》（FOUR IN 出版。）

《艾蜜莉・勃朗特傳記》（Katherine Frank 著，植松みどり翻譯，河出書房新社出版。）

後記
我一直在等結脫下眼鏡的機會，卻遲遲等不到……
第二集!!

浮文字

# 結與書系列：《咆哮山莊》的繼承者

（原名：むすぶと本。『嵐が丘』を継ぐ者）


著者／野村美月　繪者／竹岡美穗　譯者／HANA
執行長／陳君平　美術總監／沙雲佩　文字校對／施亞蒨
榮譽發行人／黃鎮隆　美術編輯／方品舒　內文排版／謝青秀
協理／洪琇菁　執行編輯／許晶翎
總編輯／呂尚燁　國際版權／黃令歡、梁名儀

出版／城邦文化事業股份有限公司 尖端出版
台北市中山區民生東路二段一四一號十樓
電話：（〇二）二五〇〇－七六〇〇
傳真：（〇二）二五〇〇－二六八三
E-mail: 7novels@mail2.spp.com.tw

發行／英屬蓋曼群島商家庭傳媒股份有限公司城邦分公司 尖端出版
台北市中山區民生東路二段一四一號十樓
電話：（〇二）二五〇〇－七六〇〇（代表號）
傳真：（〇二）二五〇〇－一九七九

中彰投以北經銷／楨彥有限公司（含宜花東）
電話：（〇二）八九一九－三三六九
傳真：（〇二）八九一四－五五二四

雲嘉以南／智豐圖書有限公司
（嘉義公司）電話：（〇五）二三三－三八五二
傳真：（〇五）二三三－三八六三
（高雄公司）電話：（〇七）三七三－〇〇七九
傳真：（〇七）三七三－〇〇八七

香港經銷／一代匯集
香港九龍旺角塘尾道六十四號龍駒企業大廈十樓 B&D室
電話：（八五二）二七八三－八一〇二
傳真：（八五二）二五八二－一五二九

新馬經銷／城邦（馬新）出版集團 Cite（M）Sdn. Bhd.
E-mail: cite@cite.com.my

法律顧問／王子文律師　元禾法律事務所
台北市羅斯福路三段三十七號十五樓

二〇二二年十二月一版一刷






■中文版■

郵購注意事項：
1.填妥劃撥單資料：帳號：50003021戶名：英屬蓋曼群島商家庭傳媒(股)公司城邦分公司。2.通信欄內註明訂購書名與冊數。3.劃撥金額低於500元，請加附掛號郵資50元。如劃撥日起 10～14日，仍未收到書時，請洽劃撥組。劃撥專線TEL：(03)312-4212 ・ FAX：(03)322-4621。E-mail：marketing@spp.com.tw

國家圖書館出版品預行編目資料

**結與書系列：《咆哮山莊》的繼承者** / 野村美月作；
HANA 譯. -- 1 版. -- [臺北市]：城邦文化事業股份有限公司尖端出版：英屬蓋曼群島商家庭傳媒股份有限公司城邦分公司發行, 2022. 12
面； 公分
ISBN 978-626-316-802-2（平裝）
譯自：**むすぶと本『嵐が丘』を継ぐ者。**

861.57 111003700